編輯室報告

追星，究竟是怎麼發生的呢？即使已經追星超過十年，讀著這期 MOOKorea 的書稿，依舊忍不住回憶一幀幀曾經為了偶像而熱烈追逐的畫面。

專輯每個版本各買一張是基本配備；為了收到喜歡的小卡無所不用其極；寫了兩張滿滿韓文的信，祈禱能順利送到偶像手上，希望他能知道有一個台灣粉絲始終關心著他；努力參與他們來台灣的每一場活動，而只是靜靜看著在台上散發光芒的他們，我的世界也不知不覺跟著被照亮。

細細想來，似乎沒有人一開始就知道如何追星。那很像是一種天生的本能，起初是在螢幕上看到像光一樣閃閃發亮的人，視線忍不住跟著他走，到後來越來越喜歡，越來越想要親眼見證那道光的存在，於是努力飛奔向他。你我本無緣沒關係，就算只能靠我花錢去找你也沒關係，只要你有活動、我有餘力，我就會排除萬難，奮不顧身去見你一面。

成為 K-pop 粉絲很幸福的是，粉絲的付出從來都不是單向的，偶像也常常透過社群媒體，向我們傳遞正面溫暖的能量。哪怕一場直播、一篇只有日常照片的貼文、一句「好好吃飯，不要生病」，看似只是隨手就能做到的事情，那股能量卻能陪著粉絲好久好久，久到讓我們可以越過一個又一個低潮。

而本期主題「雙向奔赴的追星故事」，就是為了能讓這樣的訊息具象化而誕生的。我們不忘《MOOKorea 慕韓國》的初衷──屬於韓語學習者的文化讀物，在語言學習的功能上，下了許多功夫。不論是交換小卡、造訪官咖、看懂演唱會公告等極為實用的韓文，抑或是十五篇偶像與粉絲如何雙向奔赴的文章，都是希望拿起本書的你能學得快樂，能聽懂、讀懂偶像的語言。而從本期開始，我們也新增了仿韓檢題型，在設計韓文例句時，也放入了許多追星用詞。我們發自內心地相信，不只是偶像在台上發光，認真學習韓文的你我，也十分耀眼。

如果是剛接觸追星的讀者，你會在這裡發現全新的世界，驚嘆粉絲對於追星的熱情和全方位技能，並被偶像和粉絲互相治癒的過程深深感動。而如果是接觸追星許久的讀者，你會在這裡找到歸屬，我們也深信，一定會有幾段文字能夠獲得你的共鳴，也許還能更加確信自己一直以來追星的意義。

最後，如果大家能在閱讀的過程中，因為書中的文字感受到幸福和療癒，帶來一些新的想法或啟發，那就是我們企劃本期的初衷和最大的成就感。

本期編輯
葉羿妤、郭怡廷

音檔使用說明

掃描 QRCode 聆聽音檔，購書讀者完成註冊、驗證與免費訂閱程序後，即可啟用音檔。音檔限本人使用，違者依法追究。

STEP ①

掃描上方 QRCode

STEP ②

快速註冊或登入 EZCourse

STEP ③

回答問題按送出
答案就在書中（需注意空格與大小寫）。

STEP ④

完成訂閱
該書右側會顯示「已訂閱」，表示已成功訂閱，即可點選播放本書音檔。

STEP ⑤

點選個人檔案
查看「我的課程與音頻」會顯示已訂閱本書，點選封面可到本書線上聆聽。

MOOKorea Vol. 007
雙向奔赴的追星故事
덕후의 덕질 이야기

목차 目次

Part.1 오프닝 Opening

「你我本無緣，全靠我花錢」 006
──10 大追星日常，你中了幾項？

無痛升級！追星迷妹的資料蒐集術 011

Part.2 덕질 일상 Fan Life

01 購買專輯 앨범 구하기 018
02 交換小卡 포토 카드 바꾸기 020
03 去演唱會 콘서트에 가기 022
04 造訪生咖 생카에 참여하기 024
05 周邊商品退款 굿즈 환불하기 026
06 演唱會後記 콘서트 후기 028
07 申請加入粉絲俱樂部 팬클럽 신청하기 030
08 參加簽售會公告 팬 사인회 참여 안내 032
09 演唱會延期通知 콘서트 연기 공지 034
10 快閃店後記 팝업 스토어 후기 036

Part.3 이야기 Story

01 Super Junior 厲旭 슈퍼주니어 려욱 040
02 BIGBANG G-DRAGON 빅뱅 지드래곤 046
03 少女時代 소녀시대 052
04 IU 아이유 058
05 2NE1 朴春 투애니원 박봄 064
06 INFINITE 南優賢 인피니트 남우현 070
07 Apink 에이핑크 076
08 EXID Hani 이엑스아이디 하니 082
09 EXO 伯賢 엑소 백현 088
10 防彈少年團 방탄소년단 094
11 DAY6 데이식스 100
12 ASTRO 아스트로 106
13 NCT 道英 엔시티 도영 112
14 TXT 秀彬 투바투 수빈 118
15 PLAVE 플레이브 124

Part.4 인터뷰 Interview

偶像是指引，正能量是動力 132
──快樂寶賤的追星哲學

從「我要追嗎？」開始，追星讓我們變得更好 137
──資深出版人的追星之道

＊書中韓語學習內容（含對話、文章、例句）多取材自追星日常與粉絲圈討論，旨在營造真實語境，不具任何立場或評論意圖。

Part.1

오프닝

Opening

實用程度 ★★★★★

「吃東西之前小卡娃娃先吃」、「拜月老求演唱會神席」、「每天蹲網路收圖收最新消息」，這些也是你的日常嗎？為了更靠近偶像，許多台灣粉絲在克服外語隔閡的過程中獲得滿滿技能，也因此衍伸出台灣獨有的 K-pop 追星文化。本章透過 2 篇中文文章，整理了粉絲 10 大追星行為，加上手把手教學的資料蒐集術，帶你進入最好玩的追星新世界！

「你我本無緣，全靠我花錢」10大追星日常，你中了幾項？

撰文／B編
照片／B編、EZKorea編輯部

你是追星族嗎？在 J-pop、K-pop 的洗禮下，迷妹迷弟、粉絲、追星人等成為大家日常習慣的存在，不同世代的粉絲發展出不同特色的追星手段，在網路尚未盛行之前，書店裡那一本本刊載最新消息的偶像雜誌就是追星族的寶典，而且沒辦法人人擁有，還必須靠大家湊錢買下、謹慎傳閱，又或是仔細拆開內頁，若是能分到一張自己偶像的頁面就值得開心好幾天。

隨著網路發達，人人可以掌握第一手消息，與偶像的距離也逐漸縮短，社群貼文、限時動態、直播，看見偶像的臉變得容易，追星的門檻看似降低，要做的事情卻也越來越多。除了時時透過 SNS 追蹤偶像的動態、刷音源聽新歌、看舞台等「生放送（생방송）」、練習應援口號之外，最近的 MZ 世代流行用什麼方式追星呢？這篇文章將帶你細數 10 種粉絲追星行為，一起來看看你中了幾個吧！

01 拜月老、點光明燈

拜月老求姻緣不稀奇，最近台北霞海城隍廟的供桌上除了讓神明吃甜甜的糖果餅乾之外，還出現一張張印著漂亮臉孔的偶像小卡，以及各種演唱會場館的平面圖，如同考生們拿著准考證拜文昌帝君一樣，這些全是粉絲們為了求得「和偶像間的緣分」所準備。

追星圈流傳著這樣的話：「你我本無緣，全靠我花錢。」只不過搶演唱會門票的競爭過於激烈，就算有錢也未必能順利覓得一張票，所以拜託月老爺爺吧！擔心祂老人家聽不懂內場票、看台席，所以粉絲們貼心地印出座位圖，再用螢光筆畫記；也憂心活躍的團體、歌手太多，所以細心地附上照片、寫好想看的場次。這樣誠心誠意的祈求，都是為了求一次珍貴的見面。

除了拜月老以外，也有粉絲會替偶像們「點光明燈」，為他們祈求前途光明、發展順利，無病無痛、只走花路。如果沒時間到廟裡走一趟，不妨試試在搶票前大喊「李泰民李泰民李泰民」就能成功的都市傳說吧！如果是克拉（SEVENTEEN 粉絲名）的話，改成「夫勝寬夫勝寬夫勝寬」或許也有機會奏效唷！

02 拆專前的儀式感

近年來 K-pop 專輯盛行附贈「隨機小卡」，通常是團體成員的自拍或其他漂亮照片，粉絲為了抽到自己的「本命」（指在偶像團體裡最愛的成員），往往會購入一張以上的專輯，唱片公司為求銷量，自然樂此不疲地推出各種版本。小卡流行多年下來，粉絲間雖建立起交換或交易的制度，但少數熱門成員或是通路期間限定的「特典卡」，依舊是可遇不可求。

抽卡全憑運氣，人類無法看透的專輯包裝，就讓「天意」來指路：「這張專輯裡有我的本命卡嗎？」再透過擲銅板、甚至擲筊來決定是否購入。

就算天意已經指引了答案，正式拆開塑膠封膜前仍不能鬆懈，拿出最珍愛的本命小卡，在新專輯上面虔誠地繞上左三圈、右三圈：「拜託讓我抽到本命吧！拜託拜託！」

不只是專輯，偶像周邊商品也常是隨機出貨，例如徽章、鑰匙圈、貼紙等，粉絲們賭手氣、拚人品的地方很多，財力雄厚者可以豪擲千金增加本命降臨的機會，預算有限者也別放棄心誠則靈，本命總會找到路回家的！

03 當一回「娃媽」

打開迷妹迷弟的手機相簿，會發現一個共性：同一場景的相片往往有兩種內容，現實人生跟追星人生。如果來到一家適合打卡的美食餐廳，為美味的食物拍下紀念照是合理的，這是粉絲們的現實人生。拿出小卡或小巧可愛的棉花娃娃們，小心翼翼地擺放在杯盤邊，避開反光角度按下的快門，這是粉絲們的追星人生。

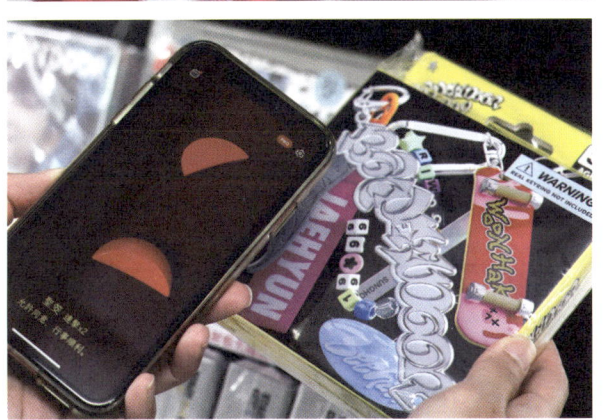

是何時開始已不可追溯，目前廣泛流行、象徵偶像的娃娃大致可以分成兩種，其一是迷你Q版的人物形象，另一種則是和偶像們氣質或性格相近的動物（或其他物體）形象。一位偶像的形象娃娃可能不只一種，有官方發布的，也有粉絲們自發創作的各種造型。

粉絲們「養娃娃」不外乎幾種心態，一種是將娃娃當成偶像的「分靈體」，帶著他就像帶著偶像一起出門，可以共享快樂時光；另一種則是將娃娃當成「孩子」照顧，追星時很容易湧現想呵護全世界的心情，而這些娃娃就成了適當的情緒寄託。

娃娃的尺寸五花八門，最適合帶出門的大小約莫是十公分高，因應外出及裝扮的需求，各種「娃包」及特色化的衣物、飾品也在市場上大量出現。畢竟我家的孩子這麼可愛，一定要掛出來讓全世界都看到！

04 聖地巡禮（踩點）

聖地，乃神聖之地的簡稱，意指發生過重大事件或具有歷史意義的地方。尤其在宗教範疇，信徒們前往聖地「朝聖」是常見的一種追求認同的行為。在追星的世界裡也是，偶像們去過的地方就是粉絲們的聖地！曾在SNS上打卡的餐廳、欣賞

過的展覽、散步過的街道、曾駐足的小公園、參與的綜藝節目、戲劇或 MV 的拍攝地等等，都可以是「聖地巡禮」的標的。

「聖地巡禮」對粉絲們來說之所以重要，因為那是最快也最容易接近偶像的瞬間，追求同款的目的，是好奇他們品嚐過的美味、是渴望眺望同一片風景、是透過親自走訪一遭去揣度他們當下的心情。畢竟我們這輩子沒有機會與偶像同行，透過「聖地巡禮」，帶上本命的小卡或娃娃，再拍下相同角度的照片，就是粉絲們最神聖的旅行了。

該如何知道偶像們去過的地方到底在哪裡呢？在推特（X）上總有許多厲害的粉絲能快速又精確地透過相片裡的蛛絲馬跡、找出偶像到訪的地點，並且分享周知；也有人悉心整理成 Google 地圖方便其他粉絲按圖索驥。又或者善用以圖搜圖的功能，也能有機會找到「聖地」唷！

05　跟著偶像跑的行事曆

「明年三月可以一起出國嗎？」

「我不確定。」

「為什麼？」

「我不確定他們下次開演唱會是什麼時候。」

以上不是設計對白，而是全年特休花在出國看演唱會的迷妹我與非追星族朋友的真實對話。

一般活躍的 K-pop 團體，一年會經歷一到三次新歌回歸，回歸時粉絲們就會忙著刷新歌音源衝排行榜，也不忘跟上音樂放送舞台、廣播、電視或是 YouTube 的節目宣傳。再加上實體活動，如粉絲見面會、巡迴演唱會、簽售會等等，以及由此衍生的線上直播、演唱會電影，一年五十二個週末很容易就被填滿。（提醒一句老話：「巡迴演唱會是巡給不同地方的人看，不是要你跟著巡！」）

除了這些不定期的活動，有些團體還有固定播出的自製綜藝（例如 SEVENTEEN 的《GOING SEVENTEEN》），或是成員各自參與的帶狀節目等（例如 SHINee 的 Key 是《驚人的星期六》等節目的固定成員），身為粉絲當然要準時收看、表示支持。

官方活動就已經參加不完，如果再響應粉絲自發舉辦的「生日咖啡廳」或其他燈箱、公車廣告等應援活動，「粉絲們的行事曆是跟著偶像們安排的！」這樣說一點也不誇張。

06　I人變E人

近年來 MBTI 測驗大為流行，最常用來區分不同性格的就是分屬內向與外向的「I人」和「E人」了。如此簡化的二分法或許在科學上站不住腳，但卻能有效快速地說明追星時的性格變化。

舉例來說，當偶像團體回歸時，唱片行周邊常聚

集大批拆專輯的粉絲，由於專輯小卡多半是隨機附贈，能不能抽到自己的「本命」全憑緣分和運氣，沒有「本命手」也沒關係，請抱持著「抽到別人的心頭肉時，把他送到正確的人手裡就是當務之急」的心態，在粉絲間走一圈總有機會將心愛的人交換回家。

這時候就算是內向害羞、不常跟陌生人講話的「大I人」，也會擺脫束縛、「E人」上身的，先是觀察大家手裡的小卡、鎖定目標後再上前搭話詢問：「請問可以換〇〇〇嗎？」更活潑、心急一點的人，便會直接大喊：「我有ＸＸＸ，想換〇〇〇！」然而大多時候都是確認過眼神，就能判斷對方也是求交換的對的人。

這樣的場景也發生在演唱會場外，無論是專輯卡、特典卡、演唱會周邊卡包，只要能帶到現場的，都能亮出來交換。如果是在韓國主場，請務必將這句話學起來：「〇〇〇 있어요. ＸＸＸ 구해요.」

07　包包掛小卡、掛娃包展示粉籍

在大公司上班的話，未必能認得所有同事的臉，脖子上的識別證就成了最快速的辨識依據；到了追星圈，粉絲間則是靠包包上的小卡或棉花娃娃來辨別對方是追哪一團、本命又是哪一位。

把偶像小卡或任何象徵物掛在包包上，除了可以展示「粉籍」之外，也帶有一點「大家快來看看，這是我喜歡的漂亮寶貝」的炫耀心態。為心愛的小卡挑選一個能襯托偶像美貌、合適又安全的卡套，或是為娃娃寶寶們添購可以遮風避雨的「娃包」，就成了粉絲們在追星之餘的重要任務。

不只是偶像們的棉花娃娃，近來常見一些動漫角色的周邊玩偶，例如排球少年、吉伊卡哇等，也入住小巧透明的娃包，跟著粉絲們出門探險。前陣子還有知名家具品牌以此概念，將夾鏈袋商品巧妙製成「節儉版娃包」，只要能起到防止污損的作用、保護娃娃們不受風吹雨淋，這樣CP值高的替代方案反而讓許多人趨之若鶩呢！

08　寫顯化日記

「搶到SEVENTEEN的票了！」

「抽了三輪票，日巡全勤了！」

「第一排的座位果然能看清楚臉上的毛孔！」

「看完演唱會了！崔勝哲今天帥出新高度！」

偶爾會在售票日之前，在社群滑到這樣的貼文，常會緊張是不是自己記錯了搶票日，或是忘了登記抽票，幾次驚嚇後才知道這是粉絲間流行的「顯化日記」，只有拜月老、期待繫上與偶像間的緣分紅線還不夠，心誠則靈的極致還得靠「顯化」來突顯。

「顯化」是什麼？《劍橋字典》每年選出年度代表字，2024年的「manifest」就是翻譯成中文的「顯化」──這個概念在身心靈圈已經盛行許久，意即透過反覆正向信念，相信自己能達成心願，其重點是必須具體、用肯定句複述或想像欲達成的目標，進而讓願望成真。

無論你是相信「吸引力法則」終會奏效，還是「自證預言」會讓人更努力專注在達成目標的過程

中，粉絲們的「顯化」日記都證明了那份渴望見上一面的心意是多麼熱切真摯。

09　努力做好事、當好人

「宗教一再告誡世人，多做善事死後才會有好果子吃；阿宅則相信多積陰德才能買到『推』寶貴的門票。」──《生而為粉，我很幸福》（橫川良明，2021）

追星有許多需要賭人品、看運氣的時候，小到抽專輯裡的本命小卡，大至抽到演唱會門票、簽售會的資格，為了見上偶像一面，「做好事積陰德」對粉絲們來說不只是宗教教義，而是必須奉為圭臬的行事準則。

如同日劇《重版出來》裡有一個出版社社長的角色，他從來不抽獎、不買樂透，只求將日常行善的小小福報累積起來，在必要的時候再發揮成大大的幸運。我今年反覆想到他很多次，尤其當日本巡迴演唱會要抽籤、韓國演唱會要搶票的時候，我巴不得成為全世界最善良的人。為了跟演唱會之神換一張SEVENTEEN首爾場的門票，我發下日行一善的宏願，長達兩個月的時間，終究如願以償。

這樣的想法或許一開始有點功利，但日子一久便習慣成自然，相信良善會循環，享受分享和助人的喜悅，我們可能無法完全擺脫演唱會之神的捉弄，可是至少會在那些心存善念的瞬間，真正感受人性的美好。

10　用偶像照片做梗圖、改造MV

如果你是SEVENTEEN的粉絲克拉，可能會聽過這個網路上曾經流行一時的玩笑話：金珉奎如果有個台灣名字，應該可以叫做「陳俊明」。其來由是因為珉奎的膚色不像一般男偶像白皙，長相也很「台」，所以粉絲才幫他取個台味十足的名字，沒想到一呼百應，得到廣大克拉的迴響，並將他的照片合成到小吃攤。

後來，金珉奎所屬的SEVENTEEN Hiphop小分隊推出新歌〈LALALI〉，音近韓文「날라리」，有小混混、紈絝子弟的意思，不僅歌詞寫滿了玩世不恭，MV也充滿揮霍青春、享受生命、盡情玩樂的畫面。只是這樣帥氣的場景看在台灣克拉眼裡，不禁聯想到茄子蛋的〈浪流連〉或是〈閣愛妳一擺〉，於是乎一些改動配樂的MV開始在社群流行起來，配上台語歌詞竟一點違和感也沒有。

把成員迷因化並不是台灣克拉的專利，而是從他們的官方團綜《GOING SEVENTEEN》就帶起的風潮，製作組常會定格成員的有趣神情、特別放大字幕，好讓粉絲們可以將畫面截圖下來做為梗圖、甚至加上其他搞笑文字來使用。偶爾官方也會再利用這些梗圖在後續新節目裡。

結語

上述10項追星行為，你中了幾種呢？台灣自由又開放的社會氛圍，讓我們得以發展出別具特色的追星風氣，再以拜月老為例，幾乎不會有廟方人員阻止粉絲們將小卡放上供桌，宗教對流行文化的接納程度遠比想像更寬容。

除此之外，台灣追星圈也有一些有趣的「行話」，像是「睡公園」──意指長時間待在韓國售票平台「Interpark」刷釋票；又或是粉絲間進行交易時，買家願意購入所有販售品項、並且承諾會儘速匯款給賣家時，就可以大喊一聲「速匯全收」！

不同團體間的粉絲在必要時刻展現出團結感，則是台灣追星圈另一道美麗的風景，像是之前韓團在高雄世運場館舉辦拼盤演唱會時，粉絲們手動調節手燈顏色以符合每一個團體應援色的場面、大聲支援彼此的應援口號，應該讓台上的偶像們留下深刻又難忘的印象了吧。

無痛升級！
追星迷妹的
資料蒐集術

撰文／B 編

入坑之後茫茫然？本篇文章將提供追星資料蒐集術，追星小白無痛升級迷妹初等生，掌握基本功就能追星不求人。

這些帳號一定要追蹤，
第一手消息不漏接

多數的韓星韓團一定有以下平台的官方帳號：Facebook、Instagram、YouTube，有些則會額外經營 X（前 Twitter）、LINE 官方帳號、微博、抖音等，基本上只要鎖定這些平台，就不太容易錯過最新消息。自己追的韓星到底有哪些平台呢？可以從他們的官方網站或維基百科的「外部連結」欄位得知。

如果是 HYBE、YG、SM 等經紀公司旗下藝人的粉絲，可以透過 Weverse（위버스，常被縮寫為 WVS）這個 App 或官方網站，加入粉絲俱樂部（MEMBERSHIP）。藝人們會在這個平台上發表文章、張貼照片、直播等，與粉絲直接互動；也可以付費取得會員資格，閱覽會員限定的貼文、照片和影片等等。

此外，WVS 的 DM 功能，與 Dear U 的 Lysn、bubble（俗稱泡泡）的 App 功能類似，可以體驗與藝人一對一聊天的感覺，採取訂閱制度，購買指定藝人聊天室的「入場券」，就可以收到由藝人親自發送的訊息、照片或語音留言，粉絲也可以傳送文字訊息給藝人，感受像是朋友般的親密互動。不諳韓文的人不必擔心，這些 App 內建自動翻譯功能，或可參考本文「克服語言關卡」！

Weverse 與 bubble 都可以從 App Store 或 Google Play 商店取得，部分功能需從 App 內部刷卡付費才能使用。搜尋 bubble 時請用關鍵字「bubble for」，不同經紀公司各有專屬 App，如「bubble for JYPnation」、「bubble for CUBE」等等。

若藝人有在日本出道，以 SEVENTEEN 為例，官網（FC）、YT、X 等都另有日本帳號，其中「FANCLUB」（FC）販售與 WVS 不同的會員資格，可看到日本會員專屬的照片、參與日本巡迴演唱會抽票等。

不知道該如何加入 WVS、泡泡或 FC 會員的話，可以試著搜尋以下關鍵字，就有機會找到人美心善的迷妹迷弟們整理好的懶人包：

♥「Weverse 會員教學」
♥「bubble 註冊教學」
♥「日本官方會員註冊教學」
♥「日本 FC 註冊教學」

（可視搜尋結果，加入團名或人名，讓標的更精準）

同場加映：把演算法訓練成喜歡的樣子

許多人追星會開設「小帳」，有些人為了記錄追星的點滴、有些人為了跟慣用的社群帳號區別、有些人則用來「避世」，無論開設追星帳號的理由是什麼，在大數據操控人類行為的現代社會，追星也要好好利用一下「演算法」。

此方式適用於 X、Instagram 和 Threads，切換到追星小帳後，可以透過以下動作訓練演算法：

(1) 追蹤藝人的官方帳號

(2) 在平台上搜尋喜歡的藝人姓名或團名

(3) 看到喜歡的內容就停下來看，積極按 Like 或轉發分享；與追星無關或不喜歡的內容請務必跳過，或點選「沒興趣」（通常在貼文右上角「…」處）

如此一來，這些社群便會更積極推播相關內容，只要轉換到追星小帳就能完整體驗與現實人生切割的美麗世界。

此外，X 和 Instagram 都有 hashtag 的功能，點選或搜尋「#關鍵字」就能找到相關主題的資訊，若想進一步在 X 搜尋指定時間範圍的貼文，可以在搜尋框輸入：「from: 欲搜尋的帳號 since:YYYY-MM-DD until:YYYY-MM-DD（YYYY-MM-DD＝西元年份-月份-日期）」。

若想在 X 的指定帳號搜尋某一關鍵字，可在搜尋框輸入：「from: 欲搜尋的帳號 # 關鍵字」。

更多竅門請 Google「推特搜尋技巧」。

這些追星技能學起來，保證事半功倍

追韓星、韓團最容易卡關的就是語言不通、資訊落差，即使 K-pop 席捲全球，許多團體、藝人的官方公告都會附上英文或簡體中文，但多數資訊仍以韓文為主，所幸科技發達，傳授幾個小訣竅，理解第一手消息不求人：

克服語言關卡

(1) Papago：有 App 及網頁版，支援文字、圖片及網頁翻譯，可將文字直接貼上，或使用圖片識讀判別，或直接將網頁連結貼到「Website Translate」，都能快速獲得中文翻譯。請留意，Papago 翻譯官方公告或新聞等符合文法的文字較為流暢，口語、簡語、外來語或句讀不明時，較容易翻錯。

(2) 如習慣使用 Google Chrome 瀏覽器，可利用內建網頁翻譯功能。識讀範圍僅限網頁文字，如需翻譯圖片內容，用 Papago 比較方便。如你是 iPhone 使用者，也可直接反白文字，透過手機內建的「翻譯」功能，是更快速方便的方法，缺點同 Papago。

不知道問誰的那些問題

(1) 以圖搜圖超好用，請務必學會！看到喜歡藝人的照片、解析度太低或不知道來源時，想知道他們身上的帽子、衣服、包包、手機殼哪裡可以找到時，把照片丟進 Google 以圖搜圖就可以了！建議使用 Google Chrome 瀏覽器，點選搜尋欄位旁的相機符號，再匯入或拍攝照片即可搜尋，找到目標之後，擁有同款就只剩下財力的問題了。

(2) 另一個找到同款的方法，是追蹤粉絲們開設的整理帳號，在 X 或 Instagram 搜尋關鍵字「團名或藝人姓名＋Fashion／Style／Outfit／Wear」就能找到。以 SEVENTEEN 為例，可以追蹤「svt.fashion」。藝人的衣著繁複、款式眾多，這些整理帳號皆是基於喜愛的心才開設，停止更新或內容未必齊全都是可能發生的，追蹤這些帳號可以省點找尋的力氣和時間，但可別對管理帳號的人予取予求喔！（註：搜尋關鍵字需輸入藝人或團體姓名、專輯名稱或歌名時，請用韓文或英文，如不會輸入韓文，可利用維基百科複製文字，或開啟韓文手寫輸入。）

(3) 如果你的現實生活沒有一起追星、一起討論的朋友，加入粉絲們開設的 LINE 社群或許是個不錯的選擇，Google「團名或藝人姓名＋LINE 社群」，或直接於 LINE App 搜尋欄位中輸入「團名或藝人姓名」或「粉絲名稱」後點選「社群」，就能找到許多同好開設的聊天室，你的困惑和難關別人也可能碰到，請帶著愛著相同藝人且禮貌的心加入，無論是安靜潛水或積極爬文，提出任何問題前試著先自己找答案，千萬別當只想不勞而獲的「伸手牌」！

掌握這些關鍵字，搜尋不費力

(1) 成為「卡奴」的最後一哩路

近年韓國流行附贈藝人的「小卡」（포카／포토카드），附在專輯裡的就叫「專卡」，「專卡」又可分為每張專輯都會附上的「固卡」以及隨機出現的「隨機卡」；還有來自不同通路的「特典卡」（특전 포카），參與打歌節目才能拿到的「公放卡」（공방 포카）等。

既然有這麼多種類的小卡，就表示「卡面」版本眾多，有時候多到連自己本命有哪些卡都一頭霧水，抽到非本命卡時又該如何跟別人交換呢？別擔心，X 上有很多善心粉絲已經幫大家準備好了，只要搜尋「團體、藝人名字或專輯名稱＋포카 리스트」或將關鍵字換成英文「Photocard list／Template」，就可以找到一覽無遺的卡面圖鑑。

(2) 最愛本命在舞台上閃閃發光的樣子

YouTube 是粉絲追星的大本營，不僅有官方的 MV、自製綜藝、幕後花絮可以看，每逢回歸，豐富精彩的打歌舞台更是不錯過，如何找到最新的舞台演出呢？可搜尋「團體或藝人名字＋主打歌名」，再加上節目名稱增加精準度；如果想看特定成員的「直拍」（Fancam／직캠）——亦即整首歌只鎖定一位成員拍攝畫面的影片，搜尋時再加上「成員名字」及「직캠」即可。

這樣同時可以找到「站姐」拍攝的影片，來自演唱會或各種慶典演出、簽售會等，粉絲得以透過這些充滿愛的鏡頭，滿足無法親臨其境的遺憾。

直拍不只滿足了粉絲們眼睛直盯的欲望，也讓藝人們更有機會藉著個人舞台魅力突破粉絲圈，

尤其是那些讓人津津樂道的「레전드 무대」（傳奇舞台），吸引更多人在坑底躺好躺滿。

在此也幫大家整理好韓國的打歌節目，想收看特定節目的話，將名稱加入搜尋關鍵字就可以囉！

- 💙 THE SHOW（더 쇼）
- 💙 Show Champion（쇼 챔피언）
- 💙 M Countdown（엠 카운트다운）
- 💙 音樂銀行（뮤직뱅크）
- 💙 Show! 音樂中心（쇼！음악중심）
- 💙 人氣歌謠（인기가요）

我這麼可愛為什麼要上班？賺錢是為了追星呀！

無論是買專輯、搶周邊、看演唱會，追星很難不花錢，既然都要掏出錢包了，辛苦賺的錢當然要花在刀口上，才能讓本命們真正接受粉絲的滋養！

掏出魔法小卡買專輯和周邊

在台灣購買韓國專輯或周邊商品可以分成線上及線下兩種方式，部分商品會提供預購特典或通路特典，可視需求選擇喜歡、合適的方式選購。無論線上、線下，請務必選擇合法、正版販售的管道。

線上通路有經紀公司開設、唱片行或專營 K-pop 的商城，前者例如 Weverse Shop、SM Global Shop、YG SELECT、FANS SHOP 等（以下簡稱官方商城），為服務全球粉絲，通常都有簡體中文或英文介面，寄送範圍也包含台灣；後者如 Ktown4U、WITHMUU（위드뮤）等等。

一般來說，官方商城的品項通常最齊全，但直接寄至台灣的運費也會較高昂。如果想省點運費，可以利用「集運」。「集運」是指先將所買商品寄到韓國當地的倉庫，一口氣有好幾筆訂單的話，可以合併成一箱運回，亦能選擇不同的運送方式（空運、陸空、海運等等），藉此節省費用。

如果不方便自己下單或海外刷卡付款，可以找「代購」幫忙。近年專營「韓國代購」的店家如雨後春筍，令人眼花撩亂。有些代購會列出指定項目讓客人選購，有些代購則會接受許願、購買客人指定的商品。

代購一定會收取商品售價、運費、稅金等必要成本以外的費用，該費用通常視商品售價、取得難易度（例如限量或需要排隊購買的周邊）、運送難易度而定，沒有成文規定，畢竟有些人不介意費用高昂、但求效率；有些人則期待物美價廉，在自由市場機制的運作下，不同代購之間出現價格落差是必然的現象。

想找到安心又收費合理的集運或代購，可搜尋「韓國集運推薦」、「韓國代購推薦」，不同管道各有優缺點，多爬文一定能找到合適的廠商。

需要現場感應跟哪一張專輯比較有緣、或習慣逛實體店的人，通路選擇也很多，一般唱片行

如五大、佳佳、九五樂府，專營 K-pop 的如 K-MONSTAR、微音樂、仙女樹等。部分通路會提前開放預購，或跟韓國同步上市。

台灣線下通路的售價可能不比線上直寄、集運或代購等管道購入便宜，但可以體驗現場拆專、抽小卡，甚至直接與其他粉絲交換小卡，偶爾逛逛一般唱片行搞不好還有機會挖到舊專，在 K-pop 專營店也能買到其他周邊商品、手燈或其他追星小物（卡套、卡冊等）。

走吧！去海外追星！

想到本命的產地看演唱會（콘서트），第一關就是順利買到票（입장권／티켓）。韓國買票和台灣類似，是直接在指定時間到售票平台搶票，最大不同之處在於，台灣的售票平台有自動配位，韓國的系統多半要人工選位，所以才有俗稱的「搶葡萄」──因為 Interpark 選位格子是紫色的。

常見的平台包含：Interpark Ticket（인터파크 티켓，俗稱「公園」）、YES24（예스 24）、Melon Ticket（멜론티켓），台灣人需使用國際版、通過實名制驗證後購票，海外人士多半只能選擇現場取票，需攜帶本人證件才能領票進場。

想熟悉不同平台的購票流程，可以試著搜尋以下關鍵字，就有機會找註冊方式、搶票攻略等懶人包：

♡「平台名稱（英文）＋會員註冊教學」
♡「平台名稱（英文）＋購票／搶票教學」

參加演唱會前，還有一件事情得先做好準備，那就是練習應援口號（응원법）！為方便粉絲學習，許多藝人、團體會親自錄製應援法影片，在 YouTube 搜尋「歌名＋응원법」就可以找到。

結語

入坑或許只是一眼瞬間，追星卻是一條漫漫長路。看完這篇請千萬別感到恐懼疲憊，覺得「哇！東西好多看不完」是很正常的，找到自己的節奏，在需要的時候找到本命閃爍的地方──歌曲、舞台、綜藝、照片、貼文……，初次心動也好、反覆品味也罷，追星的曼妙之處就在於，無論是誰都能譜寫一段自己和本命之間，獨一無二的故事。

撰文者簡介 ✎

B 編，射手座 A 型，追星時很 E 的 INFJ，出版業打滾中的多重身分人，立志成為出版界的迷妹第一把交椅，曾任出版社編輯及行銷企劃，唯一不變的身分是「編笑編哭」經營者。喜歡韓劇、韓影、韓食和 K-pop，偶爾寫寫文章宣揚這些東西。

Part.2

덕질 일상

Fan Life

韓語難度 ★★☆☆☆

誰說追星只有在看偶像？粉絲的日常可忙著呢！本章前 5 篇將帶領大家一窺粉絲在外走跳一定經歷過的情境，搭配聽力練習，實際聆聽韓國粉絲的追星對話；後 5 篇則整理出網路上常見的追星韓文，包括官方公告和粉絲後記，搭配閱讀練習，一次掌握追星關鍵單字和文法。

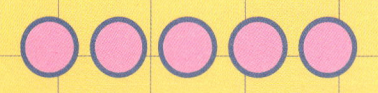

購買專輯 앨범 구하기

聽力測驗

1. 여자가 이어서 할 행동으로 가장 알맞은 것을 고르십시오.
① 포기한다.
② 다른 가수의 앨범을 산다.
③ 유튜브에서 뮤직비디오를 본다.
④ 다른 곳에 가서 산다.

2. 들은 내용과 같은 것을 고르십시오.
① 여자는 지드래곤의 앨범 'POWER'를 사려고 한다.
② 지드래곤 앨범은 너무 오래돼서 더 이상 나오지 않는다.
③ 지드래곤의 컴백 덕분에 그의 옛날 앨범도 잘 팔린다.
④ 남자는 지드래곤의 팬이다.

單字

01	名	지드래곤 : G-DRAGON
02	名	미니 앨범 : 迷你專輯
03	動	발매(發賣)하다 : 發售
04	名	USB 메모리 : USB隨身碟
05	名	신곡(新曲) : 新歌
06	動	어떡하다 : 怎麼辦
07	名	재고(在庫) : 庫存
08	副	방금(方今) : 剛才
09	動	컴백하다 : 回歸
10	名	옛날 : 以前

對話原文

남: 손님, 찾으시는 앨범 있으세요?
여: 지드래곤¹의 미니 앨범² '권지용'을 사려고 하는데요.
남: 2017년 발매한³ USB 메모리⁴ 앨범 말씀하시는 거지요?
여: 네, 맞아요. 지드래곤의 신곡⁵ 'POWER'를 들으니까 사고 싶어졌어요.
남: 어떡하죠⁶? 재고⁷가 없네요. 방금⁸ 앞의 손님이 사가신 게 마지막이었어요. 최근에 지드래곤이 7년 4개월 만에 컴백했잖아요⁹. 그래서 그런지 많은 분들이 지드래곤이나 빅뱅의 옛날¹⁰ 앨범을 찾고 계세요.
여: 아, 꼭 사고 싶은데 어디에서 살 수 있을까요?

對話中譯

男：客人，您有要找的專輯嗎？
女：我想買 G-DRAGON 的迷你專輯《權志龍》。
男：您說的是 2017 年發售的 USB 隨身碟專輯嗎？
女：對，沒錯。我聽了 G-DRAGON 的新歌〈POWER〉之後就想買了。
男：怎麼辦？沒有庫存了。剛才前面的客人買走的是最後一張。最近 G-DRAGON 時隔 7 年 4 個月回歸，可能是因為這個緣故，很多人都在找 G-DRAGON 或 BIGBANG 以前的專輯。
女：啊，我真的很想買，在哪裡可以買到呢？

測驗解答＋題目中譯

解答　1. ④　2. ③

1. 請選出女子接下來最有可能做的行動。

   ① 放棄。
   ② 買其他歌手的專輯。
   ③ 在 YouTube 上觀看 MV。
   ④ 去其他地方購買。

2. 請選出與聽力內容一致的選項。

   ① 女子想購買 G-DRAGON 的專輯《POWER》。
   ② G-DRAGON 的專輯因年代久遠已不再販售。
   ③ 多虧 G-DRAGON 的回歸，讓他以前的專輯也很暢銷。
   ④ 男子是 G-DRAGON 的粉絲。

文法　N(시간) 만에

說明

그 시간(N)이 지난 뒤에 V가 일어났을 때 사용하는 문법이다.
這是在經過該時間 (N) 後發生 V 時所使用的文法。

例句

① 저는 **20년 만에** 고등학교 친구를 만났어요.
　我時隔 20 年見到了高中的朋友。

② 가수 지드래곤은 **7년 4개월 만에** 신곡 'POWER'를 공개하고 **12년 만에** 예능 프로그램에 출연해 활동을 재개했다.
　歌手 G-DRAGON 時隔 7 年 4 個月發表新歌〈POWER〉，時隔 12 年出演綜藝節目，重新開始活動。

交換小卡 포토 카드 바꾸기

聽力測驗

1. 여자가 무엇을 하고 있는지 고르십시오.
   ① 포토 카드 때문에 세븐틴 앨범을 또 사고 있다.
   ② 세븐틴 멤버 원우의 미소에 행복해하고 있다.
   ③ 어제 뽑은 포토 카드를 팔려고 한다.
   ④ 세븐틴 멤버 원우의 포토 카드를 사고 있다.

2. 들은 내용과 같은 것을 고르십시오.
   ① 세븐틴의 인기는 팬들을 음반 가게에 모이게 할 정도다.
   ② 여자가 뽑은 포토 카드의 멤버는 원우였다.
   ③ 남자는 세븐틴 덕분에 돈을 엄청 많이 벌고 있다.
   ④ 여자는 결국 돈을 내고 포토 카드를 바꿨다.

單字

01	名	세븐틴 : SEVENTEEN
02	副	게다가 : 而且
03	名	포토 카드 : 小卡、照片小卡
04	名	난리(亂離) : 混亂、騷動
05	名	삼삼오오(三三五五) : 三五成群
06	動	뽑다 : 抽選
07	名	최애(最愛) : 本命
08	副	살며시 : 輕輕地
09	動	미소(微笑) 짓다 : 露出微笑
10	動	책임(責任) 지다 : 負責

對話原文

남: 아니, 또 오셨네요. 오늘은 무슨 일이세요?
여: 네, 어제 산 세븐틴[1]의 'SPILL THE FEELS' 앨범을 또 사고 싶은데요.
남: 그 앨범은 지금 없어서 못 파는데요. 게다가[2] 포토 카드[3]도 최신이라 다들 갖고 싶어서 난리[4]라고요. 저기 보세요. 가게 앞에 세븐틴 팬들이 삼삼오오[5] 모여 있잖아요.
여: 알긴 아는데요. 제가 뽑은[6] 포토 카드 속 멤버는 최애[7]가 아니라 민규예요.
남: 민규의 인기는 최고 아닌가요? 최애가 누군데요?
여: 원우요. 살며시[8] 미소 짓고[9] 있는 원우의 포토 카드를 갖고 싶어요. 원우의 미소는 제 마음을 설레게 하거든요.
남: 그래요. 여기 앨범 있어요. 이번에도 원우의 포토 카드가 아니면 저는 책임 안 집니다[10].
여: 괜찮아요. 다시 또 사면 되거든요.

對話中譯

男：哎呀，您又來了，今天有什麼事呢？
女：是，我想再買一張昨天買的 SEVENTEEN 專輯《SPILL THE FEELS》。
男：那張專輯現在缺貨，賣不了。而且小卡又是最新的，大家都爭先恐後地想要拿到。您看那裡，SEVENTEEN 的粉絲還三五成群聚集在店門口呢。
女：我也知道，但我抽到的小卡裡面的成員不是我的本命，是珉奎。
男：珉奎的人氣不是最高的嗎？你的本命是誰？
女：圓佑。我想要圓佑輕輕微笑的小卡，因為圓佑的微笑會讓我心動。
男：好吧，這裡有專輯。如果這次也不是圓佑的小卡，我可不負責。
女：沒關係，大不了我再買就好了。

測驗解答＋題目中譯

解答 1. ① 2. ①

1. 請選出女子正在做什麼事。
   ① 為了小卡再次購買 SEVENTEEN 專輯。
   ② 因 SEVENTEEN 成員圓佑的微笑而感到幸福。
   ③ 想要賣掉昨天抽到的小卡。
   ④ 正在購買 SEVENTEEN 成員圓佑的小卡。

2. 請選出與聽力內容一致的選項。
   ① SEVENTEEN 的人氣高到讓粉絲聚集在唱片行。
   ② 女子抽到的小卡上面的成員是圓佑。
   ③ 男子因為 SEVENTEEN 賺了很多錢。
   ④ 女子最後付錢交換了小卡。

文法 V게 하다  04

說明

'V게 하다' 는 사동 표현 중의 하나로 어떤 대상 (N1)이 목적어 (N2)에게 어떤 행동(V)을 하도록 만든다는 의미다.

作為表示「使 V」的使動用法之一，意思是某對象 (N1) 讓受詞 (N2) 做出某種行動 (V)。

例句

① 세븐틴은 제 마음을 설레게 해요. (=세븐틴 때문에 제 마음이 설레요.)
   SEVENTEEN 讓我心動。（＝我的心因為 SEVENTEEN 而激動。）

② 방탄소년단의 노래는 제 인생의 가치관에 대해서 다시 한번 생각하게 했어요.
   防彈少年團的歌曲讓我重新思考自己的人生價值觀。

交換小卡 포토 카드 바꾸기

去演唱會 콘서트에 가기

聽力測驗

1. 여자가 무엇을 하고 있는지 고르십시오.
   ① 남자와 데이트를 하고 있다.
   ② 콘서트장 자리를 찾고 있다.
   ③ 콘서트장에서 아르바이트를 하고 있다.
   ④ 대만에서 콘서트를 보고 있다.

2. 들은 내용과 같은 것을 고르십시오.
   ① 콘서트장 자리가 복잡해서 찾기 힘들다.
   ② 여자는 남자에게 관심이 많다고 말했다.
   ③ 남자는 데이식스 덕분에 인생이 확 변했다.
   ④ 두 사람 모두 데이식스 팬이다.

01 名 **석(席)**：席位、座位		06 名 **월드 투어**：世界巡迴演唱會
02 形 **멀다**：遙遠的		07 名 **라이트 밴드**：手錶燈
03 名 **데이식스**：DAY6		08 動 **착용(著用)하다**：穿戴、佩戴
04 名 **기본(基本)**：基本		09 副 **무척**：非常
05 名 **팔**：手臂		10 名 **인스타그램**：Instagram

22　Part.2 덕질 일상

對話原文

여: 저 지금 R석¹ 68번 자리를 찾고 있는데요. R석이 여기 맞죠?
남: 네. 맞습니다. 68번 자리는 여기서 좀 머니까² 제가 같이 가 드릴게요.
여: 정말요? 감사합니다. 역시 데이식스³ 콘서트는 달라도 뭐가 다르네요.
남: 하하. 같은 데이식스 팬끼리 이 정도는 기본⁴이죠.
여: 어? 그러고 보니까 팔⁵에 데이식스 월드 투어⁶ 때 나온 라이트 밴드⁷도 착용하셨네요⁸.
남: 네, 제가 데이식스를 무척⁹ 좋아해서 월드 투어를 보러 대만까지 갔다 왔거든요.
여: 오, 진짜 팬 맞네요. 데이식스 팬이 남자인 건 처음 봐요. 혹시 인스타그램¹⁰ 하세요?

對話中譯

女：我現在正在找 R 席 68 號座位，R 席是這裡對嗎？
男：是的，沒錯。68 號座位離這裡有點遠，我帶你過去。
女：真的嗎？謝謝你，DAY6 的演唱會果然就是不一樣。
男：哈哈，同為 DAY6 的粉絲，這是基本的。
女：咦？這麼看來，你手臂上還戴著 DAY6 世界巡迴演唱會時推出的手錶燈呢。
男：對啊，我非常喜歡 DAY6，還跑到台灣去看他們的世界巡迴演唱會。
女：噢，你果然是真正的粉絲。我第一次看到 DAY6 的男粉絲，請問你有在用 Instagram 嗎？

測驗解答 + 題目中譯

解答　1. ②　2. ④

1. 請選出女子正在做什麼。

   ① 正在和男子約會。
   ② 正在找演唱會的座位。
   ③ 正在演唱會現場打工。
   ④ 正在台灣看演唱會。

2. 請選出與聽力內容一致的選項。

   ① 演唱會的座位複雜，所以很難找。
   ② 女子說他對男子很感興趣。
   ③ 男子的人生因為 DAY6 而發生了重大轉變。
   ④ 兩人都是 DAY6 的粉絲。

文法　A/V(으)니까

說明

V(으)니까는 '이유나 근거를 나타내는 연결어미'로 앞 절이 뒤 절에 대한 이유나 원인, 판단의 근거임을 나타낸다. 앞 절에 나타난 이유나 원인으로 인해 뒤 절에 그에 따른 결과나 판단이 나오게 될 때 사용한다.

V(으)니까是「表示原因或根據的連接詞尾」，用來表示前面子句為後面子句的理由、原因或判斷依據。用於前面子句中提到的原因或根據，導致後面子句中的結果或判斷出現時。

例句

① 아이돌 그룹 르세라핌의 뮤직비디오를 보니까 갑자기 춤을 추고 싶어졌어요.
看到偶像團體 LE SSERAFIM 的 MV，我突然想要跳舞。

② 그룹 뉴진스의 노래 'Cool With You'가 스포티파이에서 통산 10번째로 2억 스트리밍 곡에 올랐다는 소식을 들으니까 기분이 좋네요.
聽到 NewJeans 的〈Cool With You〉成為第 10 首在 Spotify 突破 2 億總播放量的歌曲的消息，心情真好。

  去演唱會 콘서트에 가기

04

造訪生咖 생카에 참여하기

聽力測驗 🎧 07

1. 남자가 누구인지 고르십시오.
   ① 생일 파티 주인공과 모르는 사람
   ② 전시회를 보려는 사람
   ③ 생일 이벤트 주최하는 사람
   ④ 카페를 운영하는 사람

2. 들은 내용과 같은 것을 고르십시오.
   ① 남자는 여자를 데리고 연예인 생일 카페에 갔다.
   ② 여자는 일찍 가지 않아서 선착순 선물을 받지 못했다.
   ③ 남자는 여자를 위해 전시회를 준비했다.
   ④ 여자는 커피와 포토 카드를 샀다.

單字				
01	名	**투모로우바이투게더**：TOMORROW X TOGETHER
02	名	**선착순(先著順)**：先來後到的順序
03	名	**특전(特典)**：特典
04	副	**일찌감치**：提早、早早地
05	名	**톨 사이즈**：中杯
06	動	**기획(企劃)하다**：策劃、籌劃
07	名	**팬클럽 멤버**：粉絲俱樂部會員
08	名	**전시회(展示會)**：展覽會
09	名	**소장(所藏) 가치(價値)**：收藏價值
10	形	**충분(充分)하다**：充分的、足夠的

對話原文

여: **투모로우바이투게더**[1] 연준의 생일 카페가 여기 맞나요?
남: 네. 어서 들어오세요. 혼자 오셨군요.
여: **선착순**[2] **특전**[3] 선물이 있다고 들었는데, 저도 받을 수 있나요?
남: 선착순 선물은 **일찌감치**[4] 다 나갔어요. 그래도 포토 카드, 엽서, 컵은 받으실 수 있어요.

24　Part.2 덕질 일상

여: 더 일찍 올 걸 그랬어요. 어? 이 포토 카드는 생일 기념으로 나온 거네요. 인터넷에서 봤어요.

남: 네. 그런데 오늘 생일 카페의 입장료가 없는 대신에 한 사람당 메뉴 하나씩은 주문하셔야 해요.

여: 알겠어요. 그냥 톨 사이즈[5] 아이스 아메리카노 하나 시킬게요. 괜찮죠?

남: 네, 알겠습니다. 제 소개가 늦었네요. 저는 카페 직원이 아니라 생일 카페를 기획한[6] 팬클럽 멤버[7]예요. 카페 2층으로 올라 가시면 미니 전시회[8]도 볼 수 있어요. 전시회를 보다가 마음에 드는 사진이 있으면 구입도 가능하세요. 전시된 사진들은 모두 공개된 적 없는 거라 소장 가치[9]가 충분하다고[10] 봐요.

測驗解答 ➕ 題目中譯

解答 1. ③   2. ②

1. 請選出男子是什麼人。
   ① 不認識生日派對主角的人
   ② 來看展覽的人
   ③ 主辦生日活動的人
   ④ 經營咖啡廳的人

2. 請選出與聽力內容一致的選項。
   ① 男子帶女子去了藝人的生日應援咖啡廳。
   ② 女子因為沒有提早去，而無法拿到先到先得的禮物。
   ③ 男子為女子準備了展覽。
   ④ 女子買了咖啡和小卡。

對話中譯

女：TOMORROW X TOGETHER 然竣的生日應援咖啡廳是這裡嗎？
男：是的，快請進，您一個人來啊。
女：聽說有先到先得的特典禮物，我也能領取嗎？
男：先到先得的禮物很早就送完了，但您還是能拿到小卡、明信片和杯子。
女：我應該早點來的。咦？這張小卡是為了紀念生日而推出的，我在網路上看過。
男：是的，不過今天生日應援咖啡廳不收入場費，但每人必須點一項餐點。
女：我明白了，那我就點一杯中杯冰美式咖啡，可以嗎？
男：好，我知道了。自我介紹晚了，我不是咖啡廳員工，而是策劃生日咖啡廳的粉絲俱樂部會員。如果您上去咖啡廳 2 樓，還可以參觀迷你展覽，看展覽時若發現喜歡的照片也可以購買。展出的照片都是從未公開過的，我認為具有充分的收藏價值。

V을/ㄹ 걸 그랬다 🎧 08

說明

과거에 어떤 일이나 행동을 하지 않은 것을 후회한다고 말할 때 사용한다.
用來表示說話者對於過去沒有做某件事情或某項行動而感到後悔。

例句

① 어? 비가 오네요. 비가 올 줄 알았으면 우산을 챙겨올 걸 그랬네요.
   咦？下雨了。早知道會下雨，我就應該帶把雨傘。

② 생일 카페에 사람이 많이 올 줄 알았으면 더 일찍 올 걸 그랬어.
   早知道會有這麼多人來生日應援咖啡廳，我就應該早點來。

造訪生咖 생카에 참여하기

05
周邊商品退款 굿즈 환불하기

聽力測驗

1. 남자가 이어서 할 행동으로 가장 알맞은 것을 고르십시오.
   ① 환불 번호를 택배 기사에게 알려 준다.
   ② 택배 회사에 전화해 물건을 가져 가라고 요구한다.
   ③ 받은 5000원 쿠폰으로 '뽕봉'을 다시 산다.
   ④ 상자에 환불 번호를 쓰고 반품할 응원봉을 상자에 포장한다.

2. 들은 내용과 같은 것을 고르십시오.
   ① 남자는 뽕봉을 여러 개 구매했다.
   ② 남자가 구매한 뽕봉은 소리가 너무 크다.
   ③ 남자는 샤팡마켓 단골 고객이라서 할인 쿠폰을 받았다.
   ④ 샤팡마켓은 남자가 구매한 뽕봉을 환불 처리해 주기로 했다.

單字

01	名	**블랙핑크**：BLACKPINK
02	名	**공식(公式)**：官方、正式
03	名	**응원봉(應援棒)**：應援手燈
04	名	**뽕망치**：氣錘、玩具錘
05	名	**수령(受領)**：領取、接收
06	名	**사흘**：三天
07	動	**이루어지다**：完成
08	動	**전달(傳達)하다**：轉交
09	名	**구매(購買) 금액(金額)**：購買金額
10	名	**할인(割引) 쿠폰**：折價券

對話原文

여: 안녕하세요. 샤팡마켓 고객 센터입니다. 뭘 도와드릴까요?

남: 안녕하세요. 방금 배송된 물건에 좀 문제가 있는 거 같아서 환불을 받으려고 전화했어요.

여: 네. 어떤 물건에 무슨 문제가 있나요?

남: **블랙핑크**[1] **공식**[2] **응원봉**[3] '뽕봉'이요. 뽕봉은 **뽕망치**[4]인데요. 소리가 유튜브에서 본 거보다 작아요.

여: 네, 바로 환불 처리해 드리겠습니다. 고객님. 받으신 뽕봉은 다시 상자에 포장하시고 고객님 휴대폰으로 발송된 환불 처리 번호를 포장하신 상자에 적어서 택배 기사에게 주시면 되겠습니다. 환불 입금은 택배 기사 수령[5] 후 사흘[6] 내로 이루어집니다[7].

남: 아, 처리 번호 방금 받았어요. 말씀 해주신 대로 상자에 처리 번호 적어서 택배 회사에 전달하겠습니다[8].

여: 네. 불편을 끼쳐 드려 죄송합니다. 구매 금액[9]에 관계 없이 사용하실 수 있는 5000원 할인 쿠폰[10]도 발송해 드리겠습니다.

對話中譯

女：您好，這裡是 Siapang 購物客服中心，有什麼需要幫忙的嗎？
男：您好，剛才送來的東西好像有些問題，所以我打電話是想申請退款。
女：好的，請問是哪件商品有什麼問題？
男：是 BLACKPINK 的官方應援手燈「粉錘」，粉錘是玩具氣錘，它的聲音比我在 YouTube 看到的還要小。
女：好的，我立刻為您辦理退款。客人，請您將收到的粉錘重新裝回箱子裡，並將傳送到您手機上的退款處理編號寫在包裝好的箱子上，交給快遞司機即可。退款將於快遞司機接收後三日內入帳。
男：哦，我剛收到了處理編號。我會按照您說的在箱子上寫好處理編號，並轉交給快遞公司。
女：好的，很抱歉造成您的不便，我們也會寄不限消費金額皆可使用的 5000 韓元折價券給您。

測驗解答＋題目中譯

解答 1. ④ 2. ④

1. 請選出男子接下來最有可能做的行動。
   ① 告訴快遞司機退款編號。
   ② 打電話要求快遞公司拿走商品。
   ③ 用收到的 5000 韓元折價券重新購買「粉錘」。
   ④ 在箱子上寫好退款編號，將要退貨的應援手燈裝進箱子。

2. 請選出與聽力內容一致的選項。
   ① 男子買了很多個粉錘。
   ② 男子買的粉錘聲音太大。
   ③ 男子是 Siapang 購物的常客，所以收到了折價券。
   ④ Siapang 購物決定對男子購買的粉錘進行退款處理。

文法 V은/ㄴ 대로 10

說明

'과거의 행동이나 상황(V)과 같이' 또는 '현재의 상태(A)와 같은 모양으로'라는 것을 나타내는 표현이다.
表示「像過去的行動或情況 (V) 一樣」或「像現在的狀態 (A) 一樣」的說法。

例句

① 많은 래퍼들은 자신이 느끼고 생각한 대로 자신만의 철학을 가사에 담는 경향이 있다.
    許多饒舌歌手傾向於按照自己的感受和想法，將自己的哲學寫進歌詞裡面。

② 원조 아이돌 그룹 H.O.T. 의 메인 보컬 강타는 해체 후 첫 공연을 한 뒤 인터뷰에서 "처음 한두 곡까지는 데뷔 무대처럼 앞에 뭐가 있는지도 모르고 그냥 연습한 대로 몸이 반응해서 공연했다" 고 밝혔다.
    元祖偶像團體 H.O.T. 的主唱 Kangta，在解散後的首次演出結束後接受採訪表示：「剛開始的一、兩首歌就像出道舞台一樣，我連眼前有什麼都不知道，身體只是按照練習時那樣做出反應，進行了表演。」

演唱會後記 콘서트 후기

閱讀文章

콘서트 시작이 얼마나 남았는지 확인하는 순간 'Best Part'의 간주[1]가 들려오면서 커지는 마이데이[2]의 함성[3]을 들었다. 너무 감격스러웠다[4]. 'Best Part' 이후 'Better Better', 'Healer', '한 페이지가 될 수 있게'가 이어졌다. 곡 순서를 너무 잘 정했다고 생각했다. 특히 'Healer' 다음에 '한 페이지가 될 수 있게'라니! 데이식스는 이 두 곡을 통해 사랑이 어떤 존재인지를 무척 잘 표현했기 때문에 두 곡을 연이어[5] 배치한[6] 것에 100% 만족했다. 데이식스의 떼창 타임[7]이야말로 데이식스가 (   ) 느낌을 받아서 팬심[8] 100% 아니 그 이상에 도달하는[9] 순간이었다.

데이식스는 시작을 여러 번 했다. 군백기[10] 이후의 시작, 역주행[11] 이후의 시작 등 언제나 새롭고 놀라운 시작과 현실에 안주하지[12] 않는 모습으로 나와 마이데이를 놀라게 했다. 앞으로 있을 무한한 시작에 내가 함께 하고 싶다. Forever 데이식스!

閱讀測驗

1. 글의 내용과 같은 것을 고르십시오.

① 글쓴이는 데이식스 콘서트에 늦었다.
② 글쓴이는 '한 페이지가 될 수 있게'를 들은 뒤에 'Healer'를 들었다.
③ 글쓴이는 현실에 안주하지 않는 연예인을 좋아한다.
④ 글쓴이는 데이식스를 진심으로 응원했다.

2. (   )에 들어갈 말로 가장 알맞은 것을 고르십시오.

① 직접 행복과 사랑을 공유해 주는
② 그동안 쌓인 스트레스를 풀고 있다는
③ 진심으로 팬 서비스를 하고 있다는
④ 나한테 몰래 사랑을 고백하고 있다는

單字

01 名 간주(間奏) : 間奏
02 名 마이데이 : My Day (DAY6 的官方粉絲名)
03 名 함성(喊聲) : 吶喊、歡呼
04 形 감격(感激)스럽다 : 感人、振奮人心
05 動 연(連)잇다 : 接連、連續
06 動 배치(配置)하다 : 安排、排列
07 名 떼창(唱) 타임 : 大合唱時間
08 名 팬심(心) : 飯心、粉絲魂
09 動 도달(到達)하다 : 到達
10 名 군백기(軍白期) : 軍白期 (藝人因當兵而無法推出作品的期間)
11 名 역주행(逆走行) : 逆襲 (推出時人氣不高的作品爆紅登上排行榜,重新獲得關注的現象);逆向行駛
12 動 안주(安住)하다 : 安於現狀、安居

Part.2 덕질 일상

文章中譯

在我確認演唱會還有多久開始的時候，就聽到隨著〈Best Part〉間奏傳來而逐漸變大的 My Day 歡呼聲，太令人振奮了。〈Best Part〉之後是〈Better Better〉、〈Healer〉和〈Time of Our Life〉。我覺得這曲目順序實在定得太好了。尤其〈Healer〉之後竟然是〈Time of Our Life〉！DAY6 透過這兩首歌，很好地詮釋出愛情是什麼樣的存在，所以我對於將這兩首歌曲排在一起感到 100% 滿足。DAY6 的大合唱時間可以說是感受 DAY6（直接分享幸福和愛的）感覺，飯心達到 100%，不，是 100% 以上的瞬間。

DAY6 經歷了許多次的開始，軍白期之後的開始、逆襲之後的開始等，他們總是以新穎且出人意表的開始和不安於現狀的姿態現身，令 My Day 驚奇不已。往後無限的開始，我都想與他們同在。Forever DAY6！

測驗解答＋題目中譯

解答　1. ④　2. ①

1. 請選出與文章內容一致的選項。

　① 撰文者在 DAY6 的演唱會上遲到了。
　② 撰文者在聽完〈Time of Our Life〉之後聽了〈Healer〉。
　③ 撰文者喜歡不安於現狀的藝人。
　④ 撰文者真心支持 DAY6。

2. 請選出最適合填入（　　）的內容。

　① 直接分享幸福和愛的
　② 在緩解這段時間所累積的壓力的
　③ 在真心進行飯撒的
　④ 在偷偷對我示愛的

文法　N(이)야말로

說明

N을/를 강조하거나 확인할 때 사용한다. 대개 이는 조사 '이/가'를 대신해서 사용한다. 이때 N은 여러 가지 중에서 가장 뛰어난 것을 의미할 때도 있다.

用於強調或確認 N 的時候，通常會用它來代替助詞「이/가」。在這種情況下，有時候意味著 N 是各種事物中最出色的那一個。

例句

① **방탄소년단이야말로** 재능과 실력을 갖춘 남성 아이돌 그룹이다.
　防彈少年團可以說是才華和實力兼備的男子偶像團體。

② 국민 여동생 아이유의 서울월드컵경기장 공연이 끝나자마자 5만 명의 관객이 한꺼번에 나오는 바람에 그 주변은 **그야말로** 아수라장이 됐다.
　國民妹妹 IU 在首爾世界盃體育場的演出一結束，5 萬名觀眾一次蜂湧而出，周圍簡直亂成了一團。

申請加入粉絲俱樂部 팬클럽 신청하기

閱讀文章

해외에 사는 분들 아이브 팬클럽 가입 전 필첵[1]!
　해외에 거주하고[2] 계신 다이브(DIVE) 여러분! 이번에 아이브(IVE) 공식 팬클럽을 모집하는데요. 해외에 거주하시기 때문에 필첵 사항이 있어서 알려 드리려고 해요. (　　) 팬클럽에 가입하려는 해외 팬 여러분들에게 팬클럽 가입이 다소[3] 어려울 수도 있지만 제가 알려 드리는 사항만 먼저 확인하시고 질문이 있으시면 아래 댓글[4]이나 디엠[5] 주세요.
　해외 거주자도 국내 거주자와 동일하게[6] 멜론 티켓을 구매하셔야 하는데요. 최초 티켓 구매 시 설정한 국가는 변경할[7] 수 없어요. 그리고 결제하신 배송 금액과 실제 발송 물품[8] 무게에 따른 배송료[9]가 다를 수도 있고요. 추가 요금이 발생할 수도 있다는 말이에요. 해외 배송인 만큼 본인 인증[10]도 본인 휴대폰으로 하셔야 하고요. 만일 타인[11] 명의[12]로 인증할 경우 서비스를 이용할 수 없어요. 해외 가입자의 이름은 여권의 영문 성명과 동일해야 하고요.

閱讀測驗

1. (　　)에 들어갈 말로 가장 알맞은 것을 고르십시오.
   ① 일찍
   ② 만약
   ③ 처음
   ④ 이미

2. 윗글의 내용과 같은 것을 고르십시오.
   ① 해외 거주자는 멜론 티켓을 사지 않아도 된다.
   ② 본인 인증은 다른 사람의 휴대폰을 사용해도 된다.
   ③ 결제 배송료와 실제 배송료가 다를 수 있다.
   ④ 티켓을 살 때 설정한 국가는 언제든지 변경할 수 있다.

 單字

01	名 **필첵 (필수(必須) 체크)** : 必須check、須知
02	動 **거주(居住)하다** : 居住
03	副 **다소(多少)** : 多少、稍微
04	名 **댓(對)글** : 留言
05	名 **디엠** : 私訊 (direct message的縮寫)
06	形 **동일(同一)하다** : 同樣、一致
07	動 **변경(變更)하다** : 變更、更改
08	名 **발송(發送) 물품(物品)** : 運送物品
09	名 **배송료(配送料)** : 運費
10	名 **본인(本人) 인증(認證)** : 身分驗證
11	名 **타인(他人)** : 他人
12	名 **명의(名義)** : 名義

30　Part.2 덕질 일상

文章中譯

住在海外者加入 IVE 粉絲俱樂部前必讀！

居住在海外的 DIVE 們！這次要募集 IVE 官方粉絲俱樂部會員。由於居住在海外有一些須知事項，在此要告知各位。對於(首次)嘗試加入粉絲俱樂部的海外粉絲來說，加入粉絲俱樂部可能會有些困難，但請先確認我所告知的事項，若有疑問請在下方留言或私訊我。

海外居住者跟國內居住者一樣，必須購買 Melon Ticket，首次購票時設定的國家之後不得更改。另外，結帳時的運費價格，可能會依實際運送物品重量所計算的運費不同。也就是說，有可能會產生額外費用。由於是海外配送，必須使用本人的手機進行身分驗證，假如使用他人名義進行驗證，將無法使用該服務。海外用戶的姓名必須與護照上的英文姓名一致。

測驗解答 ＋ 題目中譯

解答 1. ③ 2. ③

1. 請選出最適合填入(　　)的內容。
   ① 提早
   ② 如果
   ③ 首次
   ④ 已經

2. 請選出與上文內容一致的選項。
   ① 海外居住者可以不用購買 Melon Ticket。
   ② 身分驗證可以使用其他人的手機。
   ③ 結帳時的運費和實際運費有可能不一樣。
   ④ 買票時設定的國家隨時可以更改。

文法 V을/ㄹ 경우

說明

'동사(V)가 미래에 만약 일어나게 된다면'이라는 조건을 나타낸다. 다시 말해 어떤 조건 아래에 놓인 미래의 상황을 의미한다. 영어로 'in case of'와 비슷하다고 할 수 있다.

表示「如果動詞(V)在將來發生」的前提條件。換句話說，它意味著處於某種條件下的未來情況。類似英語的「in case of」。

例句

① 태풍이 **올 경우** 이번 콘서트는 다른 날로 연기됩니다.
   如遇颱風，此次演唱會將延期擇日舉行。

② 부득이한 사정 또는 스케줄로 인해 일부 아티스트가 팬미팅에 **참석하지 못할 경우** 사전 공지하도록 하겠습니다.
   如遇部分藝人因不可抗因素或行程而無法出席粉絲見面會，我們將事先公告。

參加簽售會公告 팬 사인회 참여 안내

閱讀文章  15

　　오는 2월 28일 오후 8시 30분 목동 **방송회관**[1]에서 열리는 씨엔블루(CNBLUE) 미니 앨범 'Can't Stop' **발매**[2] 기념 **팬 사인회**[3]를 안내해 드리오니 참여를 원하시는 분들께서는 **응모하여**[4] 주시기 바랍니다. (㉠) 응모 일시는 2월 25일 오전 11시부터 27일 오후 5시까지로 이 기간 핫트랙스 목동점에서 씨엔블루 미니 앨범을 (　　) 고객 중 **추첨**[5]을 통해 사인회에 초대합니다.

　　사인회 티켓은 1인 1**매**[6]로 1인이 2매 이상 당첨된 경우 1매만 사용할 수 있습니다. (㉡) **당첨자**[7]는 사인회 당일 구입한 CD, 신분증, **번호표**[8]를 **필히**[9] **지참해**[10] 주시기 바랍니다. 번호표를 **분실하**[11]거나 **복제한**[12] 경우 사인회에 참여하실 수 없습니다. (㉢) 당첨자 공지는 2월 27일 오후 8시 핫트랙스 홈페이지에서 확인하실 수 있습니다. 보이스(BOICE) 여러분들의 많은 참여 부탁드립니다. (㉣)

閱讀測驗

1. (　　)에 들어갈 말로 가장 알맞은 것을 고르십시오.

① 듣고 계신
② 본 적이 있는
③ 가장 많이 사는
④ 구매하시는

2. 주어진 문장이 들어갈 곳으로 가장 알맞은 것을 고르십시오.

> 사인회 티켓은 타인에게 양도가 불가능하고, 당첨자 본인만 참여 가능합니다.

① (㉠)
② (㉡)
③ (㉢)
④ (㉣)

單字

01	名 **방송회관(放送會館)** : 廣播會館
02	名 **발매(發賣)** : 發售
03	名 **팬 사인회** : 粉絲簽名會
04	動 **응모(應募)하다** : 應徵、申請、報名
05	名 **추첨(抽籤)** : 抽籤
06	名 **매(枚)** : 張
07	名 **당첨자(當籤者)** : 中獎者、得獎者
08	名 **번호표(番號票)** : 號碼牌
09	副 **필(必)히** : 必須、務必
10	動 **지참(持參)하다** : 攜帶
11	動 **분실(紛失)하다** : 遺失
12	動 **복제(複製)하다** : 複製、仿製

| 文章中譯 | 測驗解答＋題目中譯 |

文章中譯

　　謹此通知 CNBLUE 迷你專輯《Can't Stop》發售紀念粉絲簽名會，將於 2 月 28 日晚間 8 點 30 分在木洞廣播會館舉行，有意參加者敬請申請報名。(㉠) 申請期間為 2 月 25 日上午 11 點至 27 日下午 5 點，我們將從在此期間於 HOTTRACKS 木洞店 (購買) CNBLUE 迷你專輯的顧客中，抽出部分顧客參加簽名會。

　　簽名會門票每人僅限 1 張，如果 1 人抽中 2 張以上，也只能使用 1 張。(㉡) 簽名會當天，請中獎者務必攜帶購買的 CD、身分證及號碼牌。如果您遺失或仿製號碼牌，將無法參與簽名會。(㉢) 中獎者公告可於 2 月 27 日晚間 8 點在 HOTTRACKS 首頁中確認，請各位 BOICE 踴躍參與。(㉣)

測驗解答＋題目中譯

解答　1. ④　2. ②

1. 請選出最適合填入 (　　) 的內容。
   ① 正在聽
   ② 看過
   ③ 買最多
   ④ 購買

2. 請選出下列句子最適合填入的位置。
   簽名會門票不得轉讓給他人，僅限中獎者本人參加。
   ① (㉠)
   ② (㉡)
   ③ (㉢)
   ④ (㉣)

文法　V(으)오니 16

說明

V 부분은 원인 또는 근거가 되면서 뒷부분의 내용을 뒷받침한다. 이때 뒷부분의 내용은 요구나 요청이 온다. 의미상 '-(으)니까'와 비슷하지만 매우 정중한 표현이기 때문에 주로 공식적인 상황에 쓰인다. V 대신 N이 올 경우 'N(이)오니'로 쓴다.

V 部分作為原因或依據支持後面的內容，此時後面的內容會出現要求或請求。雖然意義上與「-(으)니까」相似，但它是一種非常鄭重的表達方式，因此主要用於正式場合。用 N 代替 V 時，則寫作「N(이)오니」。

例句

① 슈퍼주니어 공식 팬클럽 엘프 멤버십 판매를 **시작하오니** 팬 여러분들의 많은 관심과 사랑 부탁드립니다.
　Super Junior 官方粉絲俱樂部 E.L.F. 會員資格開始販售，請各位粉絲多多關注和喜愛。

② KBS 뮤직뱅크 녹화 후 아일릿 멤버들과 함께하는 미니 팬미팅이 **진행될 예정이오니** 안내 사항을 반드시 확인해 주시기 바랍니다.
　KBS《音樂銀行》錄影結束後，將進行和 ILLIT 成員一起的迷你粉絲見面會，請務必確認說明事項。

參加簽售會公告 팬 사인회 참여 안내　33

演唱會延期通知 콘서트 연기 공지

閱讀文章

태풍 콩레이가 대만에 **상륙함**[1]에 따라 2024년 11월 2일 **가오슝 내셔널 스타디움**[2]에서 **개최**[3] 예정이었던 Stray Kids World Tour 공연이 11월 3일 오후 6시로 하루 **연기되었음**[4]을 알려 드립니다. 무대 설치 및 관객 여러분의 안전을 **최우선**[5]으로 고려한 결정이오니 양해 부탁드립니다.

(　　) **아티스트**[6]가 안전하게 공연을 마치고 **무사히**[7] 귀국할 수 있도록 충분히 **대비하고자**[8] 하오니 팬 여러분들의 넓은 이해와 협조 부탁드립니다.

예매하신 티켓은 연기된 일정에 그대로 사용 가능하며, 이날 **부득이하게**[9] 참석할 수 없는 분들께서는 티켓 사이트 tixCraft에서 환불 관련 **절차**[10]를 확인해 주시기 바랍니다. 태풍 콩레이의 예측이 어려운 만큼 안전에 **각별히**[11] **유의해**[12] 주시고 Live Nation의 각 플랫폼에서 최신 공지를 확인해 주시기 바랍니다. 불편을 드린 점 죄송하며, 양해를 부탁드립니다.

閱讀測驗

1. 글의 내용과 같은 것을 고르십시오.

① 태풍으로 인해 콘서트가 부득이하게 하루 연기됐다.
② 주최 측은 예측할 수 없는 대만의 태풍으로 아티스트의 안전을 우려했다.
③ 태풍 때문에 콘서트는 완전히 취소됐다.
④ 콘서트는 태풍이 와도 예정대로 진행할 수 있다.

2. (　　)에 들어갈 말로 가장 알맞은 것을 고르십시오.

① 또한
② 하지만
③ 이로 인해
④ 그렇다면

 單字

01	動	**상륙(上陸)하다** : 登陸
02	名	**가오슝 내셔널 스타디움** : 高雄國家體育場
03	名	**개최(開催)** : 舉辦
04	動	**연기(延期)되다** : 延期
05	名	**최우선(最優先)** : 最優先、首位
06	名	**아티스트** : 藝人、藝術家
07	副	**무사(無事)히** : 平安、安然
08	動	**대비(對備)하다** : 防範、預備、應對
09	形	**부득이(不得已)하다** : 不得已
10	名	**절차(節次)** : 程序、手續
11	副	**각별(各別)히** : 特別、格外
12	動	**유의(留意)하다** : 留意、注意

文章中譯

謹此通知，原定於 2024 年 11 月 2 日在高雄國家體育場舉辦的 Stray Kids 世界巡迴演唱會，因康芮颱風登陸台灣而延期一天，改至 11 月 3 日下午 6 點舉行。這是優先考量舞台設置及觀眾安全而做出的決定，敬請見諒。

(另外) 我們要做好充分準備，以確保藝人能夠安全地完成演出並平安歸國，希望各位粉絲多多包涵與配合。

預售票可以直接用於延期的場次，當天不得已無法參加者請上票務網站 tixCraft 確認退票相關程序。康芮颱風的路徑難以預測，請各位特別留意自身安全，並查看 Live Nation 各平台上的最新公告。很抱歉造成您的不便，敬請見諒。

測驗解答＋題目中譯

解答 1. ①　2. ①

1. 請選出與文章內容一致的選項。

　① 演唱會因颱風而不得不延期一天。
　② 由於無法預測的台灣颱風，主辦單位擔心藝人的安全。
　③ 演唱會因颱風而徹底取消。
　④ 即使颱風來襲，演唱會也能如期舉行。

2. 請選出最適合填入（　　）的內容。

　① 另外
　② 但是
　③ 因此
　④ 那麼

文法 A/V음/ㅁ 18

說明

이 문법은 형용사(A) 또는 동사(V)를 명사화하는 기능을 한다. 그렇기 때문에 A/V를 명사 자리에 명사를 대신해서 쓸 수 있다. 또한 이 문법은 문장을 종결할 때에도 사용하는데 이는 어떤 정보를 간단하게 기록할 때도 쓰인다.

此文法具有將形容詞 (A) 或動詞 (V) 名詞化的功能，因此可以將 A/V 放在名詞的位置上，取代名詞使用。另外，此文法也可用來結束句子，通常會用於想簡單記錄某些資訊的時候。

例句

① 가수 임영웅은 'We're HERO 임영웅'에서 멋진 무대를 만들어준 스태프들에게 자신의 출연료 전액을 **양보함**은 물론 전국적으로 발생한 산불 피해 복구를 위해 4억 원을 기부했다.

歌手林英雄不僅將自己的出演費，全額讓給為他打造精彩舞台的《We're HERO 林英雄》工作人員，還為全國各地發生的森林火災災後重建捐贈了 4 億韓元。

② SM 측 관계자는 당초 예정된 공연 티켓이 전석 **매진됨**에 따라 추가 공연을 결정했다고 밝혔다.

SM 相關人士表示，由於原定演出的門票全數售罄，因此決定加開場次。

快閃店後記 팝업 스토어 후기

閱讀文章

지난 5월 2일부터 일주일간 여의도 백화점에서 큐더블유이알(QWER)의 첫 **팝업 스토어**[1]가 열린다는 소식을 듣고 **난생처음**[2] 오프라인 덕질을 해 볼 수 있다는 기대감에 먼저 회사에 휴가를 냈다. (㉠) 예약 홈페이지로 들어가 무한 **새로고침**[3]과 반복 끝에 30여 분만에 겨우 예약을 했다.

며칠 후 팝업 스토어에 간 나는 티셔츠부터 찾았다. (㉡) 마음에 **쏙**[4] 드는 티셔츠 몇 장을 **후딱**[5] 고른 뒤 단체 아이템을 **집어 들었다**[6]. 엽서, **캔뱃지**[7] 등 **닥치는 대로**[8] **바구니**[9]에 담았다. 큐더블유이알은 소중하니까!

집으로 돌아와 구매한 굿즈를 보니 행복하기 **그지없었다**[10]. (㉢) 카드값이 걱정되긴 했지만 굿즈들을 보니 힘이 **불끈**[11] 솟았다. 최애에 덕질하는 덕후의 마음은 그렇다. (㉣) 내가 너무 힘들 때 행복과 활력을 **듬뿍**[12] 준 것에 대해 이렇게라도 마음을 표현할 수 있어 감사할 뿐이다.

閱讀測驗

1. 주어진 문장이 들어갈 곳으로 가장 알맞은 것을 고르십시오.

   영수증을 보니 굿즈에 50만 원 가까이 썼다.

   ① (㉠)
   ② (㉡)
   ③ (㉢)
   ④ (㉣)

2. 윗글에 나타난 필자의 태도로 가장 알맞은 것을 고르십시오.

   ① 덕질을 하는 덕후의 마음에 대해 주관적으로 표현하고 있다.
   ② 비싼 연예인 굿즈를 보고 가격을 낮추도록 촉구하고 있다.
   ③ 굿즈를 너무 많이 사서 카드값에 대해 우려하고 있다.
   ④ 연예인 굿즈 팝업 스토어도 예약하기 힘들다고 불만을 토로하고 있다.

單字

01	名	팝업 스토어 : 快閃店
02	名	난생(生)처음 : 生平第一次
03	名	새로고침 : 刷新(網頁等)
04	副	쏙 : 深深地；一下子
05	副	후딱 : 一下子、飛快地
06	動	집어 들다 : 拿起
07	名	캔뱃지 : 罐頭徽章
08	慣	닥치는 대로 : 隨手、看到什麼就~
09	名	바구니 : 籃子
10	形	그지없다 : 無比、非常
11	副	불끈 : 猛地、一下子；鼓鼓地
12	副	듬뿍 : 滿滿地

文章中譯

　　聽到 QWER 的第一家快閃店將從 5 月 2 日起在汝矣島百貨公司營業一週的消息後，我在生平首次嘗試線下追星的期待感中，先向公司請了假。（ ㉠ ）進入預約網站，經過不斷刷新和重複操作，我終於在 30 多分鐘後預約成功。

　　幾天後，到了快閃店的我先從 T 恤開始找起。（ ㉡ ）飛快地挑選幾件合心意的 T 恤之後，我拿起了團體單品。明信片、罐頭徽章等，看到什麼就隨手放進籃子裡，因為 QWER 很珍貴！

　　回到家看見買回來的周邊商品，我感到無比幸福。（ ㉢ ）雖然擔心卡費，但看到周邊商品讓我一下就有了力量。追星族追本命的心就是如此。（ ㉣ ）他們在我低潮時帶給我滿滿的幸福和活力，能夠以這種方式表達心意，對此我只有感謝。

測驗解答＋題目中譯

解答 1. ③　2. ①

1. 請選出下列句子最適合填入的位置。

　看了收據後發現，我花了將近 50 萬韓元在周邊商品上。

　① (㉠)
　② (㉡)
　③ (㉢)
　④ (㉣)

2. 請根據筆者在上文中表現出的態度，選出最合適的選項。

　① 對於追星族追星的心情進行主觀陳述。
　② 看到昂貴的藝人周邊商品後呼籲其降價。
　③ 因購買太多周邊商品而擔心卡費。
　④ 對於藝人周邊商品快閃店很難預約表達不滿。

文法　N 끝에 🎧20

說明

어떤 행동이나 일이 있고, 그로 인해 다음의 결과가 나왔다는 것을 나타낼 때 사용한다.
用以表示經歷某種行為或事情，並因此造成之後的結果。

例句

① 그 가수는 **오랜 공백 끝에** 다시 신곡을 발표하면서 재기에 성공했다.
　那名歌手經歷長時間的空白期後再次發表新歌，成功東山再起。

② 빅뱅 팬들은 9년이라는 **오랜 기다림 끝에** 빅뱅 완전체 무대를 다시 봐서 감격스러웠다고 입을 모았다.
　BIGBANG 的粉絲一致表示，經過 9 年的漫長等待後，再次見到 BIGBANG 完整體的舞台，令人激動萬分。

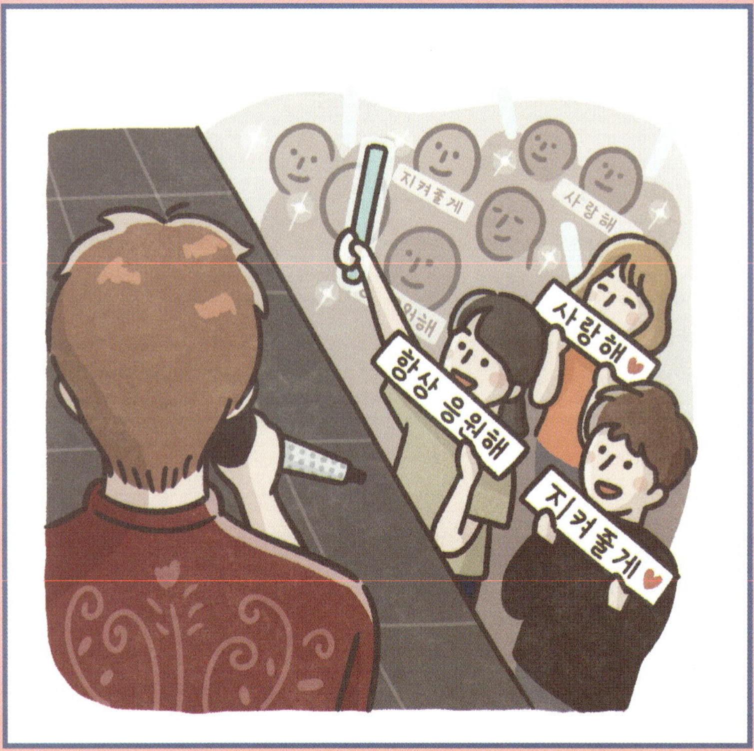
지켜줄게
사랑해
사랑해
항상 응원해
지켜줄게

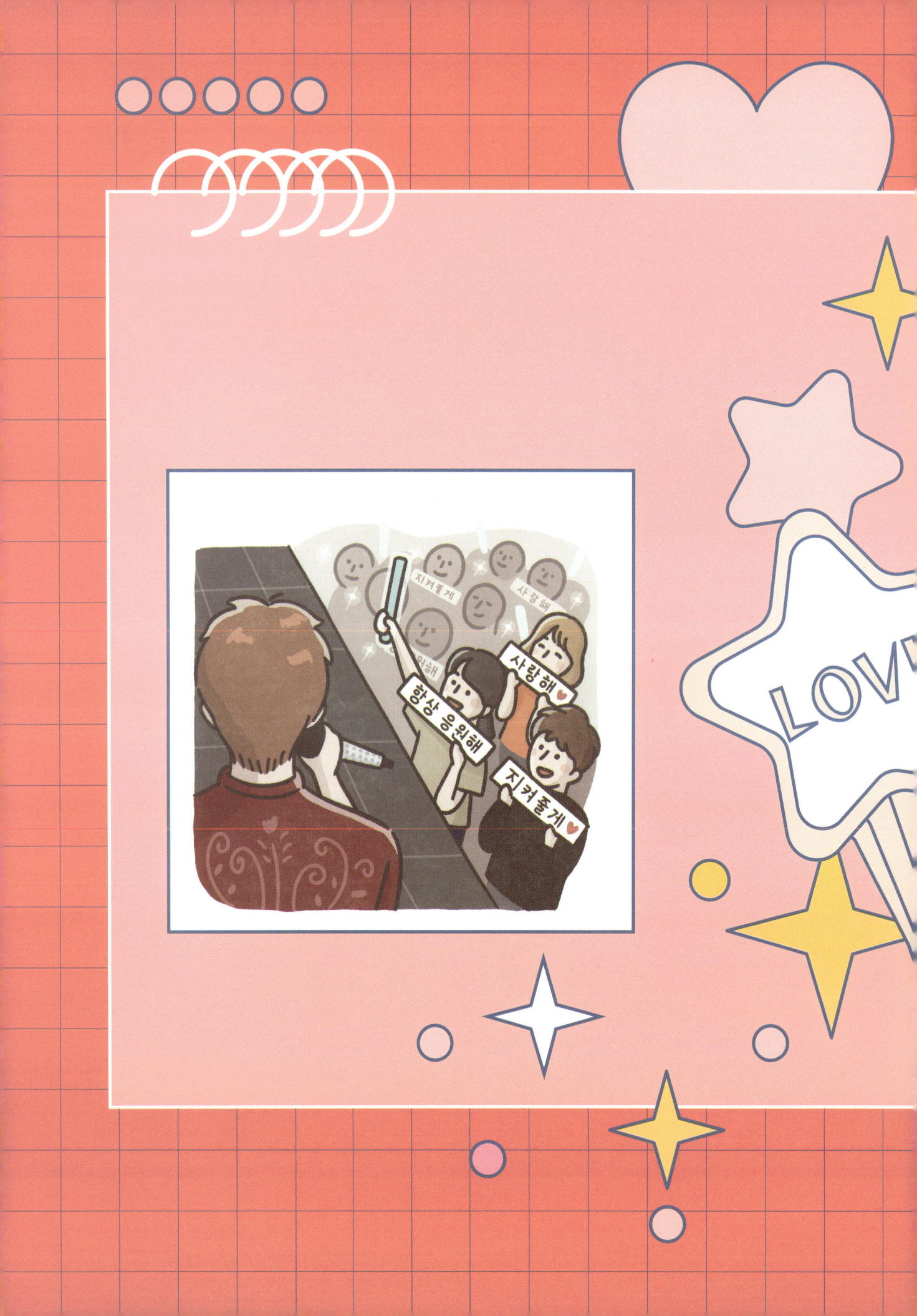

Part.3

이야기

Story

韓語難度 ★★★★☆

追星，其實就是一場雙向奔赴的能量轉換，讓偶像即使經歷低潮，卻因為有粉絲一直以來的支持和陪伴，最終成功走上花路，也讓粉絲藉由偶像傳遞的能量，找到生活中最大的幸福。本章收錄了 15 篇 K-pop 追星故事，記錄偶像和粉絲一路相互扶持走過的點滴，搭配仿韓檢閱讀測驗、重點單字和文法和延伸練習題，瀏覽故事的同時，也能精進韓語閱讀能力。

Super Junior 厲旭 슈퍼주니어 려욱

親自跑生日咖啡廳巡禮 與粉絲像老朋友般相處

「韓流帝王」Super Junior 成員 以精湛歌唱實力聞名

有「韓流帝王」稱號的 Super Junior (以下稱 SJ) 在台灣是家喻戶曉的韓國團體,從 2005 年出道至今約 20 個年頭。SJ 在台灣擁有眾多粉絲,加上曾在台灣音樂串流平台 KKBOX 創下蟬聯韓國單曲榜 121 週冠軍的紀錄,在台灣的影響力可想而知。

當然 SJ 成員們對台灣也有特殊的感情,總是親暱稱呼台灣粉絲為「老婆」,展現台灣與 SJ 之間深厚的緣分。而 SJ 成員厲旭在隊內屬於主唱 LINE,特殊且有高辨識度的嗓音,讓他成為 SJ 歌曲的「浮水印」。

寵粉生日咖啡廳巡禮 連影片都親自剪輯

厲旭除了歌唱事業之外,也有經營自己的 YouTube 頻道,大部分的影片都是他親自剪輯,雖然更新頻率不固定,但仍有 30 多萬粉絲訂閱。在 2023 年的「Happy birthday to me」YouTube 影片中,厲旭進行生日應援巡禮,親自跑了多家粉絲舉辦的「生日應援咖啡廳」,還與粉絲自拍簽名,甚至和粉絲合拍四格照片。而在厲旭與粉絲的互動過程中,可見他與粉絲之間像老朋友般的相處,也能感受到厲旭與 E.L.F. (粉絲名) 之間自然、有默契且深厚的情感。

SJ 現任成員中第一位人夫 持續努力拼事業

值得一提的是,2024 年厲旭與交往 5 年的韓國女演員 Ari 結婚成為人夫,同時也是 SJ 現任團員中第一位結婚的。而 SJ 和 SJ-M 皆盛裝出席厲旭的婚禮,無論是否為現任成員,都獻上最真誠的祝福。

以往戀愛、結婚等對於男偶像來說較為敏感的話題,也隨著 SJ 出道時間久了、粉絲跟著一起長大後,轉變為「希望偶像能幸福快樂」的想法。帶著團員與粉絲的祝福,厲旭往自己人生的下一個階段邁進,不過厲旭也沒有荒廢本業,依然十分努力工作,持續以 SJ 團員以及個人身分活躍於樂壇。

직접 생일 카페 투어 나서¹…팬들과 오랜 친구처럼 지내

'한류의 제왕' 슈퍼주니어 멤버, 능숙한 가창력으로 정평 났다

'한류의 제왕'으로 불리는 슈퍼주니어는 대만에서 누구나 다 아는 한국 그룹이다. 2005년 데뷔해 지금까지 약 20년이 흘렀다². 슈퍼주니어는 대만에서 많은 팬을 보유하고 있으며, 대만 음악 스트리밍 플랫폼 KKBOX 121주 연속 한국 싱글 차트 1위를 차지한 기록을 갖고 있다. 대만에서 이들의 영향력을 짐작해 볼 수 있다.

물론 슈퍼주니어 멤버들도 대만에 대해 특별한 감정을 가지고 있다. 이들은 항상 대만 팬을 '라오포'(老婆)라는 애정³ 어린 호칭을 사용하며, 대만과의 깊은 인연⁴을 과시한다. 멤버 려욱은 팀에서 메인 보컬 라인을 맡고 있는데, 독특한 고음의 목소리는 높은 (   ) 그를 슈퍼주니어 노래의 '트레이드 마크'로 만들었다.

팬 사랑 가득한 생카 투어에 영상까지 직접 편집했다

려욱은 가수 활동 외에도 자신의 유튜브 채널을 운영하고 있는데, 대부분의 영상은 그가 직접 편집한다. 업데이트⁵ 빈도⁶는 불규칙하다⁷ 하더라도 30만 명 이상의 팬들이 구독하고 있다. 2023년 'Happy birthday to me' 라는 제목의 유튜브 영상에서 려욱은 생일 카페 투어를 떠났다. 그는 팬들이 주최한 여러 '생일 서포트 카페'를 직접 방문해서 팬들과 같이 셀카를 찍고 사인을 해주고, 팬들과 네 컷 즉석 사진까지 찍기도 했다. 려욱이 팬들과의 상호 활동 과정에서 오래된 친구처럼 대하는 모습을 엿볼⁸ 수 있고 그와 팬덤 엘프(E.L.F.) 사이에서 말하지 않아도 자연스럽게 잘 통하는 정감이 깊게 느껴진다.

슈퍼주니어 현 멤버 중 첫 품절남…여전히 커리어에 힘쓰고⁹ 있어

2024년 려욱은 5년간 교제해 오던 한국 여배우 아리(Ari)와 결혼해 유부남이 됐다는 것은 언급할 만하다. 려욱은 슈퍼주니어의 현 멤버 중에서 첫 품절남이 됐다. 슈퍼주니어와 슈퍼주니어-M은 모두 옷을 쫙 빼입고 려욱의 결혼식에 참석했고, 현 멤버 여부를 떠나 모두 진심으로 축하의 뜻을 전했다.

예전에는 연애나 결혼 등은 남자 아이돌에게 비교적 민감한 주제였다. 슈퍼주니어는 데뷔한 지 오랜 시간이 흐르면서 팬들도 함께 따라 성장한 뒤, 슈퍼주니어가 행복하게 지낼 수 있기를 바라는 마음으로 변했다. 멤버들과 팬들의 축복을 받은 려욱은 자기 인생의 다음 단계로 매진하고 있다. 하지만 려욱은 자신의 본업도 소홀히¹⁰ 하지 않았다. 일에 십분 노력하고 슈퍼주니어의 멤버로서, 개인으로서 음악계에서 활동을 계속하고 있다.

📝 閱讀測驗

1. 위 글의 (   )에 들어갈 내용으로 가장 알맞은 것을 고르십시오.

① 인지도를 얻도록 ② 인지도를 얻은 반면에 ③ 인지도를 얻을까 봐 ④ 인지도를 얻으면서

2. 위 글에서 밑줄 친 부분과 바꾸어 쓸 수 있는 것을 고르십시오.

① 고진감래의 ② 이심전심의 ③ 동병상련의 ④ 금시초문의

3. 위 글의 내용과 일치하는 것을 고르십시오.

① 슈퍼주니어는 데뷔 때부터 지금까지 멤버 변동이 전혀 없었다.
② 려욱은 팬들을 너무 사랑해서 여자 친구와의 결혼을 5년이나 미뤘다.
③ 슈퍼주니어의 대만에 대한 감정은 어느 누구보다 특별하다.
④ 려욱은 옷을 쫙 빼입고 멤버의 결혼식에 참석해서 진한 우정을 과시했다.

閱讀測驗解答 1. ④ 2. ② 3. ③

韓檢必備單字

① 나서다：積極開始

詞性：動詞	同義詞：나오다 , 나타나다 , 간섭하다 , 뛰어들다

例句　'즈즈즈'로 불리는 4세대 아이돌 그룹 스트레이 키즈, 에이티즈, 더보이즈가 일제히 해외 공연에 나섰다.
　　　被稱為「ZZZ」的 4 代偶像團體 Stray Kids、ATEEZ、THE BOYZ 不約而同地積極展開海外演出。

② 흐르다：流逝

詞性：動詞	同義詞：지나가다 , 나오다 , 번지다 , 새다

例句　오랜 시간이 흘러 유행이 지난 노래라도 얼마든지 역주행 곡이 될 수 있다.
　　　即使是過了很久的歌曲，也有可能再次逆襲。

③ 애정(愛情)：愛

詞性：名詞	同義詞：사랑 , 우애 , 애착 , 정

例句　아이돌의 공통적인 특징은 애정 어린 눈빛으로 팬들의 마음을 순식간에 녹여버리는 것이다.
　　　偶像的共同特徵是能夠用充滿愛意的眼神，瞬間融化粉絲們的心。

④ 인연(因緣)：緣分

詞性：名詞	同義詞：관계 , 유래 , 이유 , 원인

例句　케이팝계 아이돌들은 팬덤 문화를 통해 소속감을 느끼고, 팬들과 교류하며 새로운 인연을 만든다.
　　　K-pop 界偶像們透過粉絲文化感受歸屬感，並在與粉絲們交流時創造新的緣分。

⑤ 업데이트：更新

詞性：名詞	同義詞：갱신

例句　케이팝계 소식이 실시간으로 업데이트가 되지 않는 연예 매체는 시장에서 자연스럽게 외면 받기 마련이다.
　　　無法即時更新 K-pop 界消息的娛樂媒體，自然會受到市場的冷落。

⑥ 빈도(頻度)：頻率

詞性：名詞	同義詞：빈도수

例句　'한국대중음악상'은 인기도, 방송 출연 빈도, 판매량 등이 아니라 오직 음악성에 초점을 맞춰 선정한다.
　　　「韓國大眾音樂獎」的評選不看人氣、節目出演頻率和銷售量等，而是完全聚焦於音樂性。

⑦ 불규칙(不規則)하다：不規律

詞性：形容詞	同義詞：무질서하다 , 들쑥날쑥하다 , 대중없다	反義詞：일정하다

例句　과거 투피엠, 비스트, 샤이니, 씨스타, 걸스데이, 레이디스 코드 등을 대상으로 실시된 '아이돌 사생활'에 대한 조사에서 멤버 30명 중 27명이 식사 습관이 불규칙하다고 응답했다.
　　　過去以 2PM、BEAST、SHINee、SISTAR、Girl's Day、Ladies' Code 等為對象進行的「偶像私生活」調查中，30 名成員中有 27 人回應飲食習慣不規律。

⑧ **엿보다**：窺探

詞性：動詞	同義詞：살피다, 훔쳐보다, 눈여겨보다

例句　유튜브, 인스타그램, 틱톡과 같은 플랫폼은 팬들이 무대에서 볼 수 없는 아티스트의 일상, 생각 등을 가까이서 **엿볼** 수 있게 했다.
YouTube、Instagram 和 TikTok 等平台，讓粉絲們能近距離窺探無法在舞台上看到的藝人日常生活和想法等等。

⑨ **힘쓰다**：努力

詞性：動詞	同義詞：노력하다, 도와주다, 매진하다, 애쓰다

例句　많은 가수들은 자신의 콘서트에서 팬들과 좀 더 가까이 다가가기 위해 무대를 꾸미는 등 팬들과 호흡하기 위해 **힘쓴다**.
許多歌手在自己的演唱會上，會透過用心打造舞台等方式，努力與粉絲拉近距離、產生互動。

⑩ **소홀(疏忽)히**：疏忽

詞性：副詞	同義詞：허술히

例句　한 학자는 정책 보고서에서 방탄소년단의 지속 가능한 인기의 유지 방법으로 자기 관리, 팬 관리, 음악 관리 등 어느 것 하나 **소홀히** 하지 않는 태도를 꼽았다.
一位學者在政策報告中指出，防彈少年團持續維持人氣的方法，是在自我管理、粉絲管理和音樂管理等方面，態度都一絲不苟。

延伸單字

| 제왕 帝王 | 호칭 稱呼 | 서포트 應援 | 상호 互相 | 대하다 對待 | 품절남 人夫(已經售罄的男子) |
| 커리어 事業 | 유부남 人夫(有妻子的男子) | | 쫙 展開貌 | 빼입다 精心穿戴 | |

文法　A/V ㄴ/는다(고) 하더라도

說明

앞의 내용을 인정하면서도 그 내용과는 관계없이 뒤의 내용이 된다는 것을 말하는 표현이다.
表示即使承認前面的內容，但無論如何後面的內容仍然成立。

例句

① 많은 사람들이 팬덤 활동을 한심하게 **생각한다고 하더라도** 팬덤 문화가 경제적으로 미치는 영향은 말할 수 없을 만큼 거대하다.
即使很多人覺得粉絲活動不像話，但粉絲文化對於經濟的巨大影響是難以言喻的。

② 팬들은 아티스트가 무대에서 조금 실수를 **한다고 하더라도** 더욱더 큰 박수와 환호를 보내며 응원을 아끼지 않는 것이 일반적이다.
一般而言，即使藝人在舞台上出現一點失誤，粉絲們也會以更熱烈的掌聲和歡呼回報，不遺餘力地為他們加油。

實戰練習

A. 請選填正確的單字。

1. 남성 듀오 터보(TURBO) 출신의 김종국은 데뷔 때부터 지금까지 멋진 몸매를 유지해 오고 있어 자기관리를 (　　) 하지 않는 가수로 꼽힌다.
   ① 소홀히　　② 업데이트　　③ 불규칙　　④ 빈도

2. 수십 년의 시간이 (　　) 1세대 아이돌에 대한 대중들의 관심은 여전히 높은 것이 사실이다.
   ① 힘써도　　② 불규칙해도　　③ 나서도　　④ 흘러도

3. 케이팝 관련 단체들이 가수와 소속사 간의 전속 계약 분쟁 문제에 대해 공개적으로 우려를 표명하고 (　　).
   ① 엿봤다　　② 흘렀다　　③ 나섰다　　④ 힘썼다

4. 유명 팬튜브는 기획사나 아티스트들에게 코어 팬덤의 규모가 어느 정도인지 짐작할 수 있고 팬들의 여론도 (　　) 있다는 장점이 있다.
   ① 엿볼 수　　② 나설 수　　③ 힘쓸 수　　④ 흐를 수

5. 하이브(HYBE) 방시혁 대표는 1997년 프로듀서로 JYP엔터테인먼트 박진영과 (　　)을/를 맺은 뒤 가수 비(RAIN)와 보이 그룹 지오디(god)의 노래들을 써 이름이 널리 알려졌다.
   ① 애정　　② 인연　　③ 빈도　　④ 업데이트

B. 請用前面學習的文法「A/V ㄴ/는다(고) 하더라도」完成句子。

1. 청소년의 덕질이 아무리 학업에 ＿＿＿＿＿＿＿＿＿＿ 일상에서 덕후가 비덕후보다 느끼는 행복감이 더 높다는 것은 부정할 수 없다. (영향을 미치다)

2. 전속 계약이 끝난 아이돌 그룹이 재계약 불발로 인해 완전체 활동을 ＿＿＿＿＿＿＿＿＿＿ 팬들은 멤버들의 솔로 활동을 적극적으로 응원하며 언젠가 완전한 모습으로 무대에 돌아오기를 희망한다. (중단하다)

實戰練習解答 A. 1.① 2.④ 3.③ 4.① 5.②
B. 1. 영향을 미친다고 하더라도
2. 중단한다고 하더라도

BIGBANG G-DRAGON
빅뱅 지드래곤

曾捲入呼麻爭議 粉絲不離不棄

天生的「明星」 音樂、時尚界都有著崇高地位

天團 BIGBANG 的隊長 G-DRAGON 絕對是家喻戶曉的人物，曾為 BIGBANG 打造〈LIES〉、〈FANTASTIC BABY〉、〈BANG BANG BANG〉等多首經典名曲，團體發展之餘，個人也相當火紅。

身為世界巨星的 G-DRAGON，不只在音樂界有著崇高地位，也因其獨特風格與前衛穿搭成為時尚界寵兒，在各個領域都擁有一定影響力。不過出道多年的他，私生活也不只一次成眾人議論的話題，尤其是在 2023 年二度捲入毒品疑雲，陷入非議。

二度捲入呼麻爭議 「事必歸正」真相總會大白

2023 年，韓國演藝圈被爆出多名藝人涉嫌吸毒，其中 G-DRAGON 也被點名，G-DRAGON 更是被挖出以往疑似「動作詭異」、「講話模糊」等畫面。廣大網友們未審先判，認定 G-DRAGON 12 年前曾在日本被爆出誤吸大麻，最終以緩起訴處分，不過第二次被爆的話，吸毒的可能性極高，開始在網路上攻擊他，更酸他「這次逃不掉了」。

為了自證，G-DRAGON 不但相當配合警方調查，也透露是他主動提供毛髮、指甲以進行查驗，也在 Instagram 上發了「事必歸正」的圖，以坦然的態度面對。最終判定吸毒一案無嫌疑，還給 G-DRAGON 清白。

粉絲自始至終的信任 王者浴火重生歸來

捲入呼麻爭議時，G-DRAGON 受訪時有記者問他：「有什麼話想對粉絲說嗎？」G-DRAGON 僅簡單回覆：「別太擔心我，做完調查就回來。」面對網路上鋪天蓋地的謾罵，V.I.P (粉絲名) 選擇繼續相信 G-DRAGON 並給予支持，最終 G-DRAGON 成功回歸大眾視野，並在新歌〈POWER〉大曝這段日子的心境，而後與隊友太陽、大聲共同製作的歌曲〈HOME SWEET HOME〉歌詞更是句句飽含對 V.I.P 的愛，無論是團魂還是與粉絲的雙向情感都相當動人。

閱讀文章 🎧 24

대마 흡입 논란에 휩싸여[1]도 팬들은 그의 곁을 떠나지 않았다

천상 '연예인'…음악계는 물론 패션계까지 명성 자자해

최고의 보이 그룹 빅뱅의 리더 지드래곤은 절대적[2]으로 누구나 아는 인물이다. 그는 '거짓말', 'FANTASIC BABY', 'BANG BANG BANG' 등 빅뱅의 명불허전 히트곡들을 많이 만들어내며 그룹에 크게 기여한[3] 것은 물론 그의 인기도 폭발적이다.

세계적인 슈퍼스타 지드래곤은 음악계에서 상당히 높은 지위[4]에 오른 것은 물론 독특한 스타일과 아방가르드한 패션으로 패션계의 리더로 군림하면서 다양한 분야에 영향력을 미치고 있다. 하지만 그는 데뷔한 지 수년이 지난 뒤 사생활[5]로 인해 여러 차례 사람들의 입에 오르내렸다. 특히 2023년에는 두 번째 마약 투약 혐의에 휩싸이면서 비난을 받기도 했다.

두 번째 대마 흡입 논란에 "'사필귀정'…진상은 밝혀질 것"

2023년에는 한국 연예계에서 많은 연예인들이 마약 남용 의혹을 받았는데, 그중 지드래곤도 지목됐다. 지드래곤이 과거에 보인 '기이한 동작', '어눌한 말투' 등의 모습이 담긴 화면으로 인해 마약 의혹이 제기된 것이었다. 많은 네티즌들은 확인조차 하지 않은 채 섣불리 판단했다[6]. 지드래곤이 12년 전 일본에서 실수로 대마초를 했다는 것이 드러나면서 기소유예 처분을 받았는데, 두 번째로 이런 이야기가 나왔다는 것은 마약을 했을 가능성이 상당히 높다는 것이 이들의 주장이었다. 인터넷에서는 그에 대한 공격이 시작됐다. 심지어 일부는 "이번만큼은 빠져나갈[7] 수 없다"고 힐난했다.

자신의 무죄를 입증하기[8] 위해 지드래곤은 경찰 수사에 적극 협조하는 한편 자신의 머리카락과 손톱을 자발적으로 수사 당국에 제공하며 검사를 의뢰했다. 그는 인스타그램에 '사필귀정'(事必歸正)이라는 글귀와 함께 그 뜻이 담긴 이미지를 게시하며 침착한[9] 태도로 대응했다. 결국 마약 혐의는 무혐의로 끝이 났고 지드래곤은 누명을 벗게 됐다.

팬들의 무한 신뢰, 불구덩이 속 왕을 부활시켰다

지드래곤은 대마 논란에 휩싸인 뒤 언론과의 인터뷰에서 "팬들에게 하고 싶은 말이 있느냐"는 기자의 질문에 "너무 걱정마시고 조사 받고 오겠습니다"라고 답했다. (㉠) 인터넷에서는 엄청난 욕설이 폭우처럼 쏟아졌음에도 불구하고 빅뱅 팬덤 브이아이피(V.I.P)는 계속해서 지드래곤을 믿고 응원하기로 결정했다. (㉡) 이어 빅뱅 멤버 태양과 대성이 함께 작업한 곡

'HOME SWEET HOME' 가사에는 브이아이피에 대한 사랑을 가득 담아냈다. (㉢) 빅뱅 멤버들과 팬들의 서로에 대한 감정은 상당히 감동적이다. (㉣)

閱讀測驗

1. 위 글에서 〈보기〉의 글이 들어가기에 가장 알맞은 곳을 고르십시오.

〈보기〉 결국, 지드래곤은 그동안의 심경을 담은 신곡 'POWER'를 앞세워[10] 대중 앞에 성공적으로 복귀했다.

① (㉠)   ② (㉡)   ③ (㉢)   ④ (㉣)

2. 위 글에서 밑줄 친 부분에 나타난 '지드래곤'의 심정으로 알맞은 것을 고르십시오.

① 담담하다   ② 자랑스럽다   ③ 짜증스럽다   ④ 기세등등하다

3. 위 글의 내용과 일치하는 것을 고르십시오.

① 빅뱅의 리더 지드래곤을 모르는 사람은 사람이 아니다.
② 빅뱅의 히트곡들은 지드래곤 팬들이 직접 작곡해 줬다.
③ 지드래곤은 음악은 물론 패션까지 사업을 확장해 영향력이 커졌다.
④ 지드래곤이 대마 흡입 논란 휩싸여도 팬들은 그의 곁을 떠나지 않았다.

閱讀測驗解答   1. ② 2. ① 3. ④

韓檢必備單字

① 휩싸이다：被捲入

詞性：動詞	同義詞：둘러싸이다 , 뒤덮이다

例句 사회 복무 요원으로 군 복무 중인 가수 송민호는 배우 박주현과 2년간 열애중이라는 소문에 휩싸이자 소속사 측은 "사생활 영역이라 확인이 불가능하다"고 밝혔다.
作為社會服務要員正在服兵役中的歌手宋旻浩，被捲入與演員朴柱炫熱戀 2 年的傳聞中，但經紀公司方面表示：「這屬於私生活領域，無法確認。」

② 절대적(絕對的)：絕對

詞性：名詞、冠形詞	同義詞：무조건적 , 전면적 , 전폭적	反義詞：상대적 , 부분적 , 제한적

例句 방탄소년단 정국은 음원 스트리밍 플랫폼 '스포티파이'에서 공식 계정 팔로워 수가 700만 명을 돌파해 아시아 솔로 가수 최단 기간 기록을 세우면서 글로벌 음악 시장에서 절대적인 존재감을 과시했다.
防彈少年團成員柾國在音樂串流平台「Spotify」的官方帳號追蹤數突破 700 萬人，創下亞洲 solo 歌手最短時間紀錄，並彰顯他在全球音樂市場上的絕對存在感。

③ 기여(寄與)하다：貢獻

詞性：動詞	同義詞：공헌하다 , 이바지하다

例句 1990년대 디지털 악기와 디지털 녹음 장비의 발전은 대중음악의 창의성과 다양성을 높이는 데 기여했다.
1990 年代數位樂器和數位錄音設備的發展，為提升流行音樂的創意性和多樣性做出了貢獻。

④ 지위(地位)：地位

詞性：名詞	同義詞：위치 , 자리 , 자격

例句 케이팝 성장 뒤에는 팬덤이 있었다는 인식이 확대되면서 팬덤은 더 이상 추종자가 아닌 비지니스 참여자로서의 지위를 얻었다.
隨著人們逐漸意識到 K-pop 成長的背後有粉絲群在推動，粉絲群不再只是追隨者，更獲得了商業參與者的地位。

⑤ 사생활(私生活)：私生活

詞性：名詞	同義詞：프라이버시	反義詞：공생활

例句 가수 김재중은 과거 동방신기로 활동하던 시기에 "잘 때 나한테 키스했던 사생도 있었다"며 사생활 침해 사실을 뒤늦게 고백했다.
歌手金在中表示，過去以東方神起活動的時期「還有私生在我睡覺的時候偷親我」，事後坦白了私生活遭受侵害的事實。

⑥ 판단(判斷)하다：判斷

詞性：動詞	同義詞：생각하다 , 이해하다 , 인식하다

例句 검찰은 그 가수의 음주운전 혐의의 유죄 입증이 어렵다고 판단해서 기소하지 않았다.
檢方判斷那名歌手酒後駕駛的嫌疑難以定罪，因此決定不起訴。

⑦ 빠져나가다：逃出去

詞性：動詞	同義詞：나가다

例句 그 가수는 콘서트를 마치자마자 조용히 공연장을 빠져나갔지만, 밖에서 기다리던 팬들에 둘러 쌓였다.
那名歌手一結束演唱會就悄悄地離開會場，但還是被在外面等的粉絲包圍了。

⑧ 입증(立證)하다 : 證明

詞性 : 動詞	同義詞 : 증명하다 , 검증하다

例句　데뷔 9년차 데이식스가 타이틀곡 '녹아내려요'로 주요 음원 사이트에서 정상에 오르면서 '국민밴드'임을 **입증했다**.
出道第 9 年的 DAY6 以主打歌〈Melt Down〉登上各大音源網站冠軍，證明了「國民樂團」實力。

⑨ 침착(沈着)하다 : 坦然、冷靜

詞性 : 形容詞	同義詞 : 차분하다 , 냉철하다

例句　가수 싸이는 악천후로 공연을 중단한 것에 관련해 "가장 중요한 건 관객과 스태프의 안전이었다"며 관객들의 **침착한** 대처에 감사드린다고 말했다.
因天候不佳而中斷演出的歌手 PSY 對此表示「觀眾與工作人員的安全最為重要」，並感謝觀眾的冷靜應對。

⑩ 앞세우다 : 領先

詞性 : 動詞	同義詞 : 내세우다 , 내걸다

例句　방탄소년단 팬덤 글로벌 아미 연합은 슈가를 방탄소년단에서 탈퇴시키라고 요구하는 이들에 대해 아미의 이름을 **앞세워** 팬덤 입장에 반하는 행위를 하고 있다고 강조했다.
防彈少年團粉絲群全球 A.R.M.Y 聯合強調，要求讓 SUGA 退出防彈少年團的人，是打著 A.R.M.Y 的名號在從事違反粉絲群立場的行為。

延伸單字

자자하다 廣為流傳　**명불허전** 名不虛傳　**아방가르드하다** 前衛　**군림하다** 稱霸　**오르내리다** 頻頻被提及
어눌하다 口齒不清　**섣불리** 草率　**힐난하다** 講酸話　**글귀** 文句　**누명** 莫須有罪名

文法　A/V은/ㄴ 것은 물론(이고) 🎧 26

說明

A/V의 내용을 포함하여 뒤의 내용까지 전체 문장의 내용이 당연히 그러하다는 것을 나타내는 표현이다.
表示包括 A/V 和後方內容在內的整體句子，皆為理所當然的說法。

例句

① 걸 그룹 대다수 멤버들은 소속사가 원하는 꿈의 몸무게 48kg에 맞추기 위해 탄수화물을 **끊는 것은 물론이고** 약을 먹고 기절할 정도로 살을 빼고 있다.
大多數女團成員為了達到經紀公司所希望的 48 公斤夢幻體重，不僅戒掉碳水化合物，甚至吃減肥藥吃到暈倒。

② 캄보디아의 12살 공주 제나 노로돔은 케이팝 아이돌의 노래와 춤을 보고 그 모든 걸 좋아하기 **시작한 것은 물론** 최근 글로벌 스타가 되기 위해 한국에 가서 연습생이 될 계획인 것으로 알려졌다.
據悉，柬埔寨 12 歲的公主珍娜・諾羅敦在看到 K-pop 偶像的歌曲和舞蹈後，便開始喜歡上這一切，並且為了成為全球明星，最近也計劃前往韓國當練習生。

實戰練習

A. 請選填正確的單字。

1. 한국 게임 업체들이 아이돌 그룹을 (　　) 신작을 준비 중인 것으로 전해졌어요.
   ① 휩싸인　　② 앞세운　　③ 기여한　　④ 판단한

2. 케이팝은 한국이 세계에서 높은 지위를 획득하는 데 크게 (　　).
   ① 기여했어요　　② 입증했어요　　③ 침착했어요　　④ 빠져나갔어요

3. 한 네티즌은 콘서트 티켓을 예매한 뒤 쥐도 새도 모르게 돈이 더 (　　) 불만을 토로했다.
   ① 판단했다면서　　② 휩싸였다면서　　③ 입증했다면서　　④ 빠져나갔다면서

4. 가수 박진영은 아이돌을 꿈꾸는 친구들에게 "노력만으로는 안 된다"며 "가수는 (　　) 재능이 있어야 한다"고 조언했다.
   ① 침착한　　② 빠져나가는　　③ 절대적인　　④ 판단하는

5. 그룹 라이즈(RIIZE)의 한 멤버는 연습생 시절 부적절한 언행을 한 사생활이 담긴 사진과 영상이 인터넷에 공개돼 논란에 (　　) 그룹을 탈퇴했다.
   ① 앞세우자　　② 기여하자　　③ 휩싸이자　　④ 판단하자

B. 請用前面學習的文法「A/V은/ㄴ 것은 물론(이고)」完成句子。

1. 한국 팬덤은 자신이 좋아하는 연예인이 주도하는 기부 활동에 적극적으로 ＿＿＿＿＿＿ 팬덤이 하나의 조직으로서 사회적으로 영향력을 행사하기도 했다. (참여해 오다)

2. 한국에서 팬덤의 영향력이 커짐에 따라 해당 연예인 소속사는 팬덤을 소비자가 아닌 파트너로서 ＿＿＿＿＿＿ 팬덤의 높은 구매력을 중심으로 새로운 시장이 형성됐다. (여기게 되다)

實戰練習解答
A. 1.② 2.① 3.④ 4.③ 5.③
B. 1. 참여해 온 것은 물론
　 2. 여기게 된 것은 물론

少女時代 소녀시대

一路走來不易 更加珍惜一切

K-pop 界永遠的傳奇 地位歷久不衰

就算對 K-pop 團體不太熟悉,也一定聽過「少女時代」這個名字。少女時代是 SM 娛樂在 2007 年推出的 9 人女子團體,經歷成員變動後,現在以 8 人體制活動。

出道 17 多年的少女時代,成員們無論外貌、歌舞實力等皆相當優秀,也有多首傳唱度極高的經典名曲,可以說是「國民女團」,在 K-pop 界中有著不可撼動的地位。不過,雖然少女時代是大型娛樂公司出身,卻不算「出道即爆紅」。少女時代在出道前期受到許多輿論攻擊,一路走來並非大眾想的這麼順遂。

「黑海事件」成為粉絲心中永遠的痛

少女時代曾經歷過三次「黑海事件」,「黑海」是指在演出時粉絲關掉應援手燈,造成觀眾席一片黑暗的情況,以表達對台上歌手的不滿和抗議。「黑海」無論對歌手本身或是粉絲都是非常難受的事,而少女時代卻在出道短短 2 年內經歷三次。2008 年 6 月的 Dream Concert,少女時代表演時不僅被其他粉絲聯合關燈靜默抵制,甚至還有觀眾在途中故意大喊其他團體的名字,場面相當不堪。

第二次是發生在同年 9 月 SM 家族演唱會上海場,第三次則是在隔年的 SM 家族演唱會泰國場。這三次黑海事件當時造成廣大討論,後來少女時代成員潤娥、孝淵、徐玄在綜藝節目上談到此事,他們表示當時專注在表演上並沒有注意到,是到後台才知道,令人十分心疼。

粉絲偶像相互扶持 度過最艱難的時刻站上巔峰

「黑海事件」發生後,無論是少女時代還是 S♡NE (粉絲名) 都經歷一段非常艱困的時期,不斷被造謠,不只毀損偶像名聲,也讓各個粉絲群體之間十分不平靜。幸好在 2009 年,少女時代憑藉〈Gee〉一曲爆紅,開創屬於他們的黃金年代。當然,粉絲一路以來的支持也非常重要,在少女時代遭到抹黑抵制時,粉絲不離不棄、積極為偶像澄清,最後也成功幫忙平反,並陪伴他們站上巔峰。

如今少女時代個人活動相當繁忙,不過成員們感情依然非常緊密,在 2017 年發行由秀英填詞、獻給粉絲的歌曲〈0805〉,2022 年則是發行慶祝出道 15 週年的專輯〈FOREVER 1〉,每年出道日也會固定合體聚會。即使沒辦法常常在一起,成員們也能了解彼此是最重要的存在。

쉽지 않았던 여정이었기에 모든 걸 더욱더 소중히 여긴다

케이팝계의 영원한 레전드, 오랫동안 변치 않는 위상[1]

케이팝 그룹에 대해 그렇게 익숙하지 않더라도 '소녀시대'라는 이름은 들어봤을 것이다. 소녀시대는 SM엔터테인먼트가 2007년 론칭한 9인조 걸 그룹으로 멤버 변동을 거친 후 현재는 8인 체제로 활동 중이다.

데뷔한 지 17년이 지난 소녀시대의 멤버들은 외모는 물론 노래와 춤 실력 등 모두 출중하며 널리 알려진 대표 명곡들을 다수 보유하고 있다. 이들은 '국민 걸 그룹'이라 불릴 만큼 케이팝계에서 굳건한 입지[2]를 가지고 있다. 하지만 소녀시대는 대형 엔터테인먼트사 출신임에도 데뷔하자마자 인기를 누리지 못했다. 소녀시대는 데뷔 초기 여론의 공격을 많이 받으며 그 여정은 모두가 생각했던 것처럼 그렇게 순조롭지 않았다.

팬들의 마음에 영원한 아픔으로 남은 '침묵 사건'

소녀시대에게 '침묵[3] 사건'이 세 차례나 있었다. '침묵'은 공연 중 관객들이 응원봉을 꺼버리고 객석을 어두운 상황으로 만든 채 무대에 오른 가수에 대한 불만과 항의를 표출하는 것을 말한다. 관객들의 침묵 사건은 가수나 팬들에게 모두 받아들이기 어려운 일이지만 소녀시대는 불과 데뷔 2년만에 이를 세 번이나 겪었다. 2008년 6월 열린 드림콘서트에서 소녀시대가 무대에 (   ) 다른 가수의 팬들은 야광봉을 끈 채 묵묵히 보이콧을 했고, 일부 관객들은 고의로 다른 그룹의 이름을 외치기도[4] 했다. 이 장면은 눈 뜨고 보기 힘들 지경이었다.

같은 해 9월 중국 상하이에서 열린 SM타운 콘서트, 이듬해 태국에서 열린 SM타운 콘서트에서도 이러한 침묵 사건이 이어졌다. 세 차례의 침묵 사건은 당시 여러 논란을 불러일으켰다. 이후 소녀시대 멤버 윤아, 효연, 서현은 예능 프로그램에 출연해 이를 언급하면서 당시 공연에 집중하느라 모르고 있다가 무대 뒤에서 이를 알게 됐다. 이 사건은 사람들로 하여금 가슴 아프게 했다.

서로 부축한 팬과 아이돌, 가장 힘든 순간을 극복하고 정상에 오르다

'침묵 사건'이 발생한 뒤에 소녀시대와 팬덤 소원(S♡NE)은 매우 힘든 시기를 겪었다. (㉠) 끊이지 않는 뜬소문은 소녀시대의 명예[5]를 훼손했고[6] 다른 팬덤들과도 시끌시끌했다[7]. (㉡) 다행히 소녀시대는 2009년 'Gee'를 히트시키며 전성기를 맞이했다. (㉢) 소녀시대가 모략[8]

과 보이콧을 당했을 때도 팬들은 그들의 곁을 지키며 그들을 대신해[9] 적극적으로 해명[10]에 나선 결과, 그들에게 도움을 주는 데 성공했고, 그들이 정상에 서는 데 함께 했다.

(ㄹ) 요즘 소녀시대는 개인 활동으로 매우 바쁜 나날을 보내고 있지만, 멤버들 간의 우정은 변함없이 끈끈하다. 2017년 수영이 작사해 팬들에게 헌정한 곡 '그 여름(0805)'가 발표됐고, 2022년 데뷔 15주년 기념 앨범 'FOREVER 1'을 발매했다. 소녀시대는 데뷔일마다 고정적으로 완전체 모임을 갖는다. 설령 자주 함께 모이지는 못하더라도 멤버들은 서로에게 가장 중요한 존재라는 것을 이해할 수 있다.

閱讀測驗

1. 위 글의 (　　)에 들어갈 내용으로 가장 알맞은 것을 고르십시오.

① 올라서   ② 오른 덕분에   ③ 오르는 바람에   ④ 오르자

2. 위 글에서 〈보기〉의 글이 들어가기에 가장 알맞은 곳을 고르십시오.

〈보기〉 물론, 그 과정에서 팬들의 응원도 결정적이었다.

① (ㄱ)   ② (ㄴ)   ③ (ㄷ)   ④ (ㄹ)

3. 위 글의 내용과 일치하는 것을 고르십시오.

① 소녀시대는 유명한 회사에 소속된 덕분에 데뷔 초반부터 대중의 관심을 많이 받았다.
② 팬들은 침묵 사건 뒤에 쏟아지는 이상한 소문에도 소녀시대의 곁을 떠나지 않았다.
③ 소녀시대 멤버들은 무대 위에서 침묵 사건을 직접 겪은 목격자이자 피해자로 가해자들을 고소했다.
④ 팬들은 정기적으로 소녀시대의 야광봉을 끄고 잠시 침묵하면서 침묵 사건을 떠올린다.

閱讀測驗解答 1. ④ 2. ③ 3. ②

韓檢必備單字

① 위상(位相)：地位

詞性：名詞	同義詞：지위, 위치

例句 가수 싸이의 '강남스타일'은 각종 기록을 탄생시키며 케이팝의 위상을 드높인 곡으로 평가 받았다.
歌手 PSY 的〈江南 Style〉創造多項紀錄，被評價為提升了 K-pop 地位的一首歌曲。

② 입지(立地)：地位

詞性：名詞	

例句 방탄소년단 지민은 스포티파이 한국 차트에서 솔로 2집 'MUSE' 타이틀곡 'Who'로 전례 없는 기록을 세우며 케이팝 솔로 아티스트로서의 독보적인 입지를 다시 한번 증명했다.
防彈少年團的 Jimin 憑藉第 2 張個人專輯《MUSE》的主打歌〈Who〉，在 Spotify 韓國排行榜上創下史無前例的紀錄，再次證明了他作為 K-pop solo 藝人無可取代的地位。

③ 침묵(沈默)：沉默

詞性：名詞	同義詞：정적, 고요, 함구

例句 걸 그룹 카라의 구하라가 보이 그룹 비스트의 멤버 용준형과의 교제 사실을 묻는 일본 언론에 침묵을 지킨 것으로 알려졌다.
據悉，女團 KARA 的具荷拉在被日本媒體問及與男團 BEAST 成員龍俊亨交往一事時，保持了沉默。

④ 외치다：大喊

詞性：動詞	同義詞：소리치다, 고함치다, 비명을 지르다

例句 프랑스 아미들은 'MIC Drop' 한국어 가사를 떼창 했고, 멤버 7명의 이름을 차례대로 부르는 방탄소년단 응원법을 목이 터져라 외쳤다.
法國 A.R.M.Y 齊唱〈MIC Drop〉的韓文歌詞，並按照防彈少年團應援法，依序放聲高喊 7 名成員的名字。

⑤ 명예(名譽)：名譽

詞性：名詞	同義詞：명성, 영예

例句 그룹 뉴진스 팬덤이 고발한 명예 훼손, 성희롱 등 게시물과 관련한 수사가 시작됐다.
針對 NewJeans 粉絲所檢舉的誹謗、性騷擾等貼文，當局已展開相關調查。

⑥ 훼손(毀損)하다：毀損

詞性：動詞	同義詞：손상하다, 망가뜨리다, 더럽히다

例句 걸 그룹 아이브 장원영 등을 비방하는 영상을 올려 기소된 유튜버가 가수 강다니엘의 명예를 훼손한 혐의로도 재판에 넘겨졌다.
因上傳誹謗女團 IVE 張員瑛等人的影片而遭起訴的 YouTuber，同時也因涉嫌毀損歌手姜丹尼爾的名譽而被移送法辦。

⑦ 시끌시끌하다：喧鬧

詞性：形容詞	同義詞：시끄럽다, 시끌벅적하다, 떠들썩하다

例句 '가황' 나훈아는 북한 김정은 국무위원장을 겨냥해 "북쪽 김정은이라는 돼지는 사람들이 굶어 죽거나 말거나 살이 쪘다"는 등의 비판을 쏟아내자 네티즌들이 시끌시끌해졌다.
「歌皇」羅勳兒批評北韓國務委員長金正恩說：「北邊那頭叫金正恩的豬，不管人民有沒有餓死，他都照樣長肉。」引起網民一片譁然。

⑧ **모략(謀略)：抹黑**

詞性：名詞	同義詞：모함 , 꾀 , 계략

例句　엑소 백현, 시우민, 첸의 법률 대리인이 SM엔터테인먼트와의 장기 계약이 부당했다는 입장을 밝히자 SM은 "**모략**"이라며 맞섰다.
　　　EXO 伯賢、XIUMIN、CHEN 的法律代理人表明立場，與 SM 娛樂簽訂的長期合約並不合理，而後 SM 反駁這是「抹黑」。

⑨ **대신(代身)하다：代替**

詞性：動詞	同義詞：대체하다 , 대행하다 , 대리하다

例句　가수 김호중의 명예 훼손 소송 비용을 팬들이 **대신해서** 지불했다는 사실이 알려져 이목을 끌었다.
　　　粉絲代替歌手金浩中支付誹謗訴訟費用的事實傳開後，引起了人們的關注。

⑩ **해명(解明)：澄清、解釋**

詞性：名詞	同義詞：설명 , 변명

例句　1세대 아이돌 그룹 젝스키스의 한 멤버는 그의 팬클럽 운영자와 열애 의혹이 불거지자 **해명**에 나섰다.
　　　1 代偶像團體水晶男孩的一名成員，在與粉絲俱樂部經營者傳出熱戀傳聞後，出面澄清。

延伸單字

론칭하다 推出　　**출중하다** 出眾　　**굳건하다** 堅固　　**묵묵히** 默默地　　**보이콧** 抵制
뜬소문 流言蜚語　**나서다** 出面　　**끈끈하다** 緊密　　**헌정하다** 獻上　　**설령** 即使

文法　A/V을/ㄹ 지경이다　🎧 29

說明

매우 극한 처지, 형편, 상황, 정도에 처해 있음을 강조하고자 할 때 사용한다.
用於想要強調處於非常極端的處境、形勢、情況、程度的時候。

例句

① 인기 아이돌 그룹은 음반 발매 후 해외 스케줄로 인해 몸이 열 개라도 **모자랄 지경이다**.
　 人氣偶像團體在發行專輯後，由於海外行程，忙到就算有十個身體也不夠用。

② 최애 아이돌이 내게 인사하는 순간 너무 행복해 심장이 **터져버릴 지경이었다**.
　 當我最喜歡的偶像跟我打招呼的那一刻，我開心到心臟都快要爆炸了。

實戰練習

A. 請選填正確的單字。

1. 한 엔터테인먼트 소속 가수의 노예 계약 논란이 불거지자 사측은 (　　　)을/를 위해 기자 회견을 열었다.
    ① 해명　② 위상　③ 침묵　④ 모략

2. 한 라디오 프로그램 진행자가 버추얼 보이 그룹 플레이브(PLAVE)에 대해 받아들이기 힘들다는 입장을 밝히자 해당 프로그램의 인터넷 게시판이 (　　　).
    ① 훼손했다　② 시끌시끌해졌다　③ 대신했다　④ 침묵했다

3. 한 아이돌 그룹 멤버가 사기 혐의로 고소돼 경찰 조사를 받은 자신의 모친을 (　　　) 피해자에게 사과했다.
    ① 시끌시끌해서　② 훼손해서　③ 대신해서　④ 외쳐서

4. 최근 솔로 활동에 집중하고 있는 블랙핑크(BLACKPINK) 멤버들은 각자의 음악적 역량과 개성을 보여줄 수 있는 다양한 활동을 통해 솔로 아티스트로서의 (　　　)을/를 제대로 굳히겠다는 행보를 보이고 있다.
    ① 침묵　② 모략　③ 해명　④ 입지

5. 문화 콘텐츠 강국에서 케이팝이 인기를 모으고 있다는 사실은 한국 대중문화의 경쟁력을 입증함과 동시에 변화된 해외음악시장의 (　　　)을/를 증명한다.
    ① 침묵　② 해명　③ 모략　④ 위상

B. 請用前面學習的文法「A/V을/ㄹ 지경이다」完成句子。

1. 인터넷에서 내가 좋아하는 가수에 대해 근거 없이 비방하는 글을 보니 불쾌함을 넘어 ＿＿＿＿＿＿＿＿＿＿. (화가 치밀다)

2. 인기 가수들은 ＿＿＿＿＿＿＿＿＿＿＿＿ 으로 전국 방방곡곡을 다니며 스케줄을 소화한다. (발바닥에 불이 나다)

實戰練習解答　A. 1.① 2.② 3.③ 4.④ 5.④
B. 1. 화가 치밀 지경이었다
    2. 발바닥에 불이 날 지경

04 IU 아이유

演藝圈知名「寵粉魔人」 連非粉都讚嘆

從「國民妹妹」到「音源天后」

IU 李知恩出道 10 餘年，從可愛的「國民妹妹」一路到現在的「音源天后」，只要推出歌曲必狂掃排行榜，一舉一動都是焦點。IU 不只在歌唱領域上獲得肯定，橫跨戲劇界也有優異表現。

IU 更憑藉《我的大叔》、《德魯納酒店》入圍百想藝術大賞的電視部門女子最優秀演技獎，可以說是歌而優則演，是歌手跨界演員的成功代表。作為知名的「寵粉魔人」，IU 的眾多寵粉事蹟中，以「這件事」最為出名，令人直呼「怎麼有這麼寵粉的明星」。

認出多年未見粉絲 感動無數網友

IU 的寵粉事蹟不勝枚舉，包含答應粉絲參加畢業典禮、自掏腰包準備滿滿逆應援、親自 AirDrop 自拍照給粉絲等等，其中最令人驚喜的是，在出席主演電影《Dream》的宣傳活動時，IU 一眼認出 10 年未見的日本粉絲，馬上說「哦！Lisa」喊出對方名字，還打招呼說「過得好嗎？」、「你都沒變」、「還是一樣漂亮」，最後粉絲說「我很想你」，IU 回應「我也是 (很想你)」，這段影片在網路上曝光後，網友們紛紛留言：「實在是太感動了」、「如果我是那位粉絲，我一輩子都無法忘記這瞬間」、「如果是我就當場痛哭了」，連非粉絲看了都感動不已。

將對粉絲的愛寫進歌曲 句句都是真心

出道以來，IU 發行過不少以粉絲 UAENA 為主題的「Fansong」，〈Uaena Song〉、〈heart〉、〈Shoes〉、〈Epilogue〉到〈I stan U〉，雖然是不同時期發行的 Fansong，歌詞也記錄著 IU 一路以來的心境變化，但不變的是對粉絲滿滿的愛。

其中歌曲〈I stan U〉的韓文直譯是「成為觀眾」，英文歌名則是將 IU 兩個字母拆開，中間加入有著「狂粉」含義的「stan」，歌詞中也用「我會成為你日常裡熱情的觀眾」來傳達對粉絲最真誠的感謝與愛。每當 IU 在演唱會表演這首歌時，都能感受到 IU 與粉絲互相應援的心，相當感人。

팬이 아닌 일반인조차도 감탄하는 연예계의 유명 '팬 사랑꾼'

'국민 여동생'에서 '음원 퀸'으로

아이유 이지은은 데뷔 10여 년부터 귀여운 '국민 여동생'에서 현재까지 '음원 퀸'으로 불리고 있다. 신곡은 발표만 했다 하면 음원 차트를 휩쓸었고[1], 아이유의 일거수일투족[2]에 이목[3]이 집중됐다. 아이유는 노래뿐 아니라 드라마 분야에까지 진출해 연기자로서 뛰어난 활약을 펼치[4]고 있다.

아이유는 '나의 아저씨', '호텔 델루나'로 백상예술대상 TV 부문 여자 최우수 연기상 후보에 오르기도 했다. 노래면 노래, 연기면 연기 가수와 배우의 영역을 넘나들며[5] 성공을 거머쥔 대표 연예인이라고 할 수 있다. '팬 사랑꾼'으로도 널리 알려진 아이유는 팬 사랑에 대한 수많은 행적 중에서 '이 일화'로 더욱 유명해졌는데 "어떻게 그렇게 팬들을 끔찍이 잘 챙기는 스타가 있을까"라는 말이 나올 정도다.

수년간 못 만난 팬을 알아 본 아이유에 감동의 물결

아이유는 팬의 졸업식에 참가하는가 하면, 자비를 털어[6] 응원 비용 전액을 지불하는 등 통 큰 역조공을 하고, 에어드롭으로 팬들에게 셀카 사진을 직접 전송하는 등 팬 사랑 일화는 수도 없이 많다. (㉠) 아이유는 이 자리에서 10년간 만나지 못한 일본 팬을 (   ) 알아봤다. (㉡) 아이유는 일본 팬에게 "오! 리사"라며 이름을 불러주고 "잘 지냈어?", "그대로야", "그대로 예쁘다"라고 한 뒤 "보고 싶었어요"라고 말하는 팬에게 "나도"라고 답하는 내용이 담긴[7] 영상이 인터넷에 공개됐다. (㉢) 네티즌들은 "너무 감동적이다", "내가 팬이었으면 평생 잊지 못할 순간이 됐을 거다", "내가 그랬다면 그 자리에서 펑펑 울었을 거다"는 등 팬을 불문하고 감동적이라는 반응의 댓글을 쏟았다[8]. (㉣)

팬들을 향한 마음, 노래로 담아…가사 하나하나가 진심

아이유는 데뷔 이후, 팬클럽 유애나(UAENA)를 주제로 한 팬 송인 '유애나 송', '마음', '새 신발', '에필로그'에서 '관객이 될게'에 이르기까지, 비록 다른 시기에 발표한 팬 송으로 가사에도 아이유의 그간의 심경 변화가 기록되어 있지만, 변함없는[9] 것은 팬에 대한 가득한[10] 사랑이었다.

그중 한글 '관객이 될게'로도 알려진 노래 '아이스탠유'(I stan U)는 아이유 영문명 'IU'의 두 글자 사이에 열혈팬을 뜻하는 단어 'stan'을 추가했다. 아이유는 "네 모든 날들의 어느 열렬한 관객이 될게"라며 진정한 감사와 사랑을 팬들에게 전했다. 아이유가 콘서트에서 이 노래를 부를 때마다 아이유와 팬들이 서로 응원하는 마음이 느껴져 감동적이다.

閱讀測驗

1. 위 글의 (   )에 들어갈 알맞은 것을 고르십시오.

① 처음에　　② 눈 하나에　　③ 한눈에　　④ 흰 눈에

2. 위 글에서 〈보기〉의 글이 들어가기에 가장 알맞은 곳을 고르십시오.

〈보기〉 그중 사람들을 가장 놀라게 한 일은 주연으로 출연한 영화 '드림'의 홍보 활동 현장에서였다.

① (㉠)　　② (㉡)　　③ (㉢)　　④ (㉣)

3. 위 글의 내용과 같은 것을 고르십시오.

① 아이유는 일본 팬의 이름만 오랫동안 기억하고 있다.
② 아이유 팬들은 아이유의 팬 사랑을 직접 느낄 수 있는 경험을 많이 못했다.
③ 아이유는 팬들이 불편해할 정도로 팬에 대한 집착이 강한 것으로 유명하다.
④ 아이유 팬들은 아이유의 여러 노래를 통해서 진정한 사랑과 감동을 느꼈다.

閱讀測驗解答　1. ③　2. ①　3. ④

韓檢必備單字

① 휩쓸다：席捲

詞性：動詞	同義詞：쓸다 , 차지하다 , 석권하다

例句 로제와 브루노 마스의 듀엣곡 '아파트'가 발매 직후 국내 주요 음원 사이트의 실시간 차트, 일간 차트, TOP100 에서 1위를 **휩쓸며** '퍼펙트 올킬'을 달성했다.
ROSÉ 和 Bruno Mars 的合唱曲〈APT.〉發行後，席捲了國內主要音源網站的即時排行榜、單日排行榜和 TOP 100 的冠軍，達成「Perfect All-Kill」(PAK) 的成就。

② 일거수일투족(一擧手一投足)：一舉一動

詞性：名詞	同義詞：일언일행 , 일거일동

例句 아이유는 한 라디오 프로그램에 출연해 자신의 **일거수일투족**이 기사화되는 것이 무섭다면서도 가수가 되어 사람들의 사랑을 받는 것이 기쁘다고 말했다.
IU 在某廣播節目中表示，雖然害怕自己的一舉一動都會被寫成報導，但他很高興能成為歌手受到人們的喜愛。

③ 이목(耳目)：目光

詞性：名詞	同義詞：관심 , 시선	反義詞：무관심 , 무심

例句 배우 조정석이 가수 거미의 전국 투어 콘서트에서 거미와 듀엣곡을 불러 팬들의 **이목**이 집중됐다.
演員曹政奭在歌手 Gummy 的全國巡迴演唱會上與 Gummy 合唱，吸引了粉絲們的目光。

④ 펼치다：展開

詞性：動詞	同義詞：펴다 , 선보이다	反義詞：개다 , 접다

例句 가수 크러쉬 콘서트에 악동뮤지션, 박재범, 싸이 등이 특별 게스트로 출격해 화려한 퍼포먼스를 **펼쳤다**.
在歌手 Crush 的演唱會上，樂童音樂家 (AKMU)、朴載範 (Jay Park) 和 PSY 等人作為特別嘉賓出擊，展開了華麗的表演。

⑤ 넘나들다：跨越

詞性：動詞

例句 요즘 많은 가수들은 예능, 드라마, 영화 장르를 **넘나들며** 다채로운 매력을 선보이고 있다.
最近有很多歌手跨越綜藝、電視劇、電影等領域，展現出豐富多元的魅力。

⑥ 털다：全拿出來

詞性：動詞

例句 많은 팬들은 자비를 **털어** 자신이 좋아하는 스타의 생일을 기념하는 광고를 지하철역 등에 게재했다.
許多粉絲自掏腰包在地鐵站等處刊登廣告，為自己喜歡的明星慶祝生日。

⑦ 담기다：包含、裝滿

詞性：動詞	同義詞：반영되다 , 실리다 , 내재되다 , 포함되다	反義詞：쏟아지다

例句 그 노래에는 혼자가 되어 느끼는 외로움과 잃어버린 사랑에 대한 그리움이 가사로 **담겼다**.
那首歌將獨自一人感受到的孤獨，和對逝去愛情的思念寫進了歌詞裡。

⑧ 쏟다：傾注

詞性：動詞	同義詞：흘리다, 드러내다	反義詞：담다, 넣다

例句 가수들은 최고의 공연을 팬에게 선사하기 위해 무대 준비에 열정을 **쏟는** 것이 일반적이다.
為了向粉絲獻上最好的表演，歌手通常都會傾注熱情去準備舞台。

⑨ 변(變)함없다：不變

詞性：形容詞	同義詞：같다, 한결같다	反義詞：변하다

例句 데뷔 55년이 넘은 가왕 조용필은 11년 만에 정규 음반 20집을 발표하며 "이번 앨범은 팬 여러분의 **변함없는** 사랑과 응원이 있었기에 완성할 수 있었다"고 말했다.
出道超過 55 年的歌王趙容弼，時隔 11 年推出第 20 張正規專輯，並表示「由於粉絲們不變的愛和支持，這張專輯才得以完成」。

⑩ 가득하다：充滿

詞性：形容詞	同義詞：꽉 차다, 그득하다, 충만하다

例句 가수 있지는 팬 사랑으로 **가득했던** 세 번째 단독 팬미팅을 성공적으로 마쳤다며 "팬분들은 우리의 원동력이자 소울메이트"라고 밝혔다.
歌手 ITZY 成功完成充滿粉絲愛的第三次單獨粉絲見面會，並表示「粉絲是我們的原動力，也是我們的靈魂伴侶」。

延伸單字

팬 사랑꾼 寵粉魔人　　**후보** 入圍　　**거머쥐다** 獲取　　**끔찍이** 極其　　**물결** 浪潮　　**에어드롭** AirDrop
한눈에 알아보다 一眼認出　　**펑펑 울다** 痛哭、放聲大哭　　**불문하다** 不論　　**열혈팬** 狂粉

文法　V았/었다 하면

說明
어떤 일이 시작했거나 어떤 사건이 생겼다면 반드시 뒤이어 어떤 일이나 행동이 이어지거나 결과가 발생한다는 것을 의미한다.
表示如果某件事情開始了，或某個事件發生了，那麼後面一定會有某件事、某種行動或某種結果隨之而來。

例句

① 내가 좋아하는 가수가 방송에서 무슨 말만 **했다 하면** 그날 바로 뉴스에 보도된다.
只要我喜歡的歌手在節目中說了什麼話，當天就會被新聞報導。

② 내가 좋아하는 가수의 뮤직비디오가 유튜브에 **올라왔다 하면** 조회수 100만 뷰는 순식간이다.
只要我喜歡的歌手 MV 上傳到 YouTube 上，觀看次數瞬間就能達到 100 萬。

實戰練習

A. 請選填正確的單字。

1. 제가 간 콘서트에서 많은 팬들은 감동한 나머지 눈물을 (　　) 노래를 따라 불렀어요.
   ① 펼치며　　② 휩쓸며　　③ 넘나들며　　④ 쏟으며

2. 요즘 많은 한국 가수들은 과거와 달리 한국과 해외를 넘나들며 활발한 활동을 (　　).
   ① 털고 있어요　　② 담기고 있어요　　③ 펼치고 있어요　　④ 휩쓸고 있어요

3. 일부 가수들은 고의적으로 소문을 만들어서 대중의 (　　)을 끌고자 한다.
   ① 일거수일투족　　② 이목　　③ 변함　　④ 가득

4. 한국의 대표적인 여성 가수들이 한 프로그램에서 체중과 관련된 고민을 솔직하게 (　　) 놓았다.
   ① 털어　　② 담겨　　③ 휩쓸어　　④ 넘나들어

5. 성시경의 노래들은 사랑 이야기로 가득하지만, 자세히 들어보면 노래에 (　　) '사랑의 감정'은 각각 다르더라고요.
   ① 담긴　　② 변함없는　　③ 펼친　　④ 턴

B. 請用前面學習的文法「V았/었다 하면」完成句子。

1. 그 가수의 공연 예매가 ＿＿＿＿＿＿ 불과 몇 분 만에 전석이 매진된다. (시작되다)
2. 자신이 좋아하는 연예인에 대한 근거 없는 악플을 ＿＿＿＿＿＿ 해당 사이트에 신고부터 하는 것이 팬들의 기본 덕목이라고 한다. (보다)

實戰練習解答　A. 1.④ 2.③ 3.② 4.① 5.①
B. 1. 시작됐다 하면
   2. 봤다 하면

05

2NE1 朴春 투애니원 박봄

禁藥事件重創演藝事業 SOLO 並重組後成功華麗回歸

2 代女子天團 2NE1 主唱 四次元魅力圈粉無數

韓國「2 代團」代表之一 2NE1 由 CL、朴春、Dara、Minzy 組成，由於是 YG 娛樂推出的首組女子團體，出道前就受到矚目，也不負大眾期待。一出道就以〈FIRE〉、〈I DON'T CARE〉兩首歌曲走紅，尤其作為團內主唱的朴春，他獨特且充滿魅力的聲線為團體加分不少，可說是 2NE1 歌曲的靈魂。

而朴春除了唱功受到認可，也充滿「四次元」的特質以及天馬行空的思考模式，因此他在綜藝節目上十分突出，也成為了真人實境節目《Roommate》的班底之一，節目中與李棟旭的愛情線廣受關注。然而後來發生的「禁藥事件」，不只讓朴春的演藝事業受到極大的打擊，更間接導致 2NE1 解散。

「禁藥事件」演藝事業停擺 大眾不買單朴春的聲明

2014 年，韓國媒體報導朴春在 2010 年，疑似從美國郵寄含安非他命成分的韓國管制藥物阿得拉爾，最後受到延緩立案的處分。因此部分媒體及輿論扭曲他為吸毒者，即使朴春解釋但大眾仍不買單，要求朴春接受調查並退出演藝圈。當時所屬公司 YG 娛樂宣布朴春暫停活動，後來更間接導致 2NE1 解散，令人惋惜。

不過在 2018 年，朴春於受訪時澄清禁藥疑雲，解釋自己因為患有注意力缺失症 (Attention Deficit Disorder, ADD)，經醫生診斷後，為了治療需要長期服用阿得拉爾，且阿得拉爾在美國屬於合法藥品，故從國外訂購送至韓國。而 2019 年，朴春在〈Spring〉solo 單曲發表會也親自說明，由於不清楚韓國法律，引起爭議深感抱歉。逐漸地，大眾扭轉對朴春的負評，朴春也成功回歸樂壇。

粉絲不離不棄 2NE1 重組消息感動眾人

成功以 solo 歌手身分重返樂壇後，朴春參加女團回歸競賽節目《Queendom》展現自己不變的魅力，受訪時也說希望 2NE1 有機會重組。終於，在 2024 年，YG 娛樂驚喜宣布 2NE1 重組並舉行世界巡迴演唱會，消息一出讓所有 BLACKJACK (粉絲名) 都感動不已。尤其朴春近年因身體狀況時好時壞，體重浮動也較大，但為了 2NE1 以及等待他們已久的粉絲，朴春努力調整體重並成功減重。

網友們直呼「看起來跟以前一樣」、「看到朴春為了粉絲如此努力太感動了」，不過也擔心朴春的身體狀況，紛紛表示「只要朴春健康就好了」。如此雙向的關心與愛令人深受感動。

금지 약물 논란으로 연예계 활동 위기…솔로에 이어 재결합으로 화려한 복귀에 성공

2세대 걸 그룹 투애니원의 메인 보컬, 4차원의 매력으로 무수한 팬 보유

한국을 대표하는 '2세대' 아이돌 그룹 중 하나인 투애니원은 씨엘(CL), 박봄, 산다라박, 공민지로 이루어졌다. YG엔터테인먼트가 선보인[1] 첫 걸 그룹이었던 만큼 데뷔 전부터 주목을 받았으며 그들은 대중의 기대를 저버리지 않았다. 데뷔하자마자 내놓은 'FIRE', 'I DON'T CARE' 등 두 곡이 히트했다[2]. 특히 그룹 메인 보컬 박봄의 독특하고 매력 넘치는 목소리는 팀에 적지 않은 가산점[3]을 더하기 때문에 투애니원 노래의 영혼이라고 말할 수 있다.

박봄은 공인된 가창력뿐만 아니라 4차원적인 성격과 자유분방한[4] 사고방식을 갖고 있다. 이는 예능 프로그램에서 박봄을 십분 돋보이게[5] 했다. 박봄은 리얼리티 쇼 프로그램 '룸메이트' 출연진으로 나와 이동욱과의 러브 라인을 형성하며[6] 주목 받기도 했다. (   ) 이후 발생한 '금지 약물 사건'은 박봄이 연예계 활동을 하는 데에 크나큰 타격을 입었을 뿐만 아니라, 투애니원이 해체하는 데에 간접적인 역할을 했다.

'금지 약물 사건'으로 연예계 활동 중단, 대중은 박봄 입장 수용하지[7] 않아

2014년 한국 언론은 박봄이 2010년 한국에서 규제된 암페타민이 함유된 약물 애더럴을 미국에서 우편 배송한 혐의를 받아 입건유예 처분을 받았다고 보도했다. 이로 인해 일부 언론과 여론은 그를 마약 중독자로 왜곡했다. 박봄의 해명에도 대중들은 여전히 이를 수용하지 않으면서 박봄에게 조사를 받고 연예계 퇴출을 요구했다. 당시 소속사 YG엔터테인먼트는 박봄의 활동 중단을 발표했다. 그뒤 이는 간접적으로 투애니원의 해체로 이어지면서 많은 이들은 안타까워했다[8].

그렇지만 박봄은 2018년 인터뷰에서 금지 약물 논란에 대해 해명했다. 박봄은 자신이 주의력 결핍 장애를 앓고 있기 때문에 의사의 진단을 받은 뒤 치료를 위해 애더럴을 장기 복용해야 했다며, 애더럴은 미국에서 합법 약품이라서 해외에서 구매해 한국으로 보내진 것이라고 설명했다. 2019년 박봄은 솔로 싱글 '봄' 발매 기념 쇼케이스에서 "국내법을 잘 몰라서 물의를 일으킨 점 정말 죄송합니다"라고 직접 설명했다. 대중들의 박봄에 대한 부정적인 평가는 점차 사그라들었고, 박봄 역시 가요계에 성공적으로 복귀했다.

끝까지 함께 한 팬들, 투애니원 재결합 소식에 모두 감동

솔로 가수로 성공적으로 가요계에 복귀한 박봄은 걸 그룹 컴백 서바이벌 프로그램 '컴백전쟁: 퀸덤'에 출연해 변함없는 매력을 발산했다. 박봄은 인터뷰에서 투애니원이 재결합하기를 원한다고 밝혔다. 마침내 2024년 YG엔터테인먼트는 투애니원이 재결합해 월드 투어 콘서트를 펼칠 것이라고 깜짝 발표를 했고, 이 소식에 팬들은 모두 감격해 마지않았다. 특히 박봄은 최근 몇 년간 건강 상태가 좋아졌다 나빠졌다를 반복하며 체중 변동도 심했다. 하지만 투애니원과 오랜 시간 그들을 기다려준 팬들을 위해 박봄은 체중 조절[9]에 노력한 끝에 체중 감량[10]에 성공했다.

네티즌들은 "예전과 똑같다", "팬들을 위해 이렇게 노력하는 걸 보니 너무 감동적이다"라는 말과 함께 한편으로는 박봄의 건강 상태를 걱정하면서 "박봄이 건강한 것만으로 됐다"는 반응을 쏟았다. 이런 양측의 관심과 사랑은 사람들로 하여금 감동을 자아냈다.

閱讀測驗

1. 위 글의 (　　)에 들어갈 알맞은 것을 고르십시오.

① 물론　　② 그러나　　③ 비록　　④ 그럼에도

2. 위 글에서 밑줄 친 부분에 나타난 '박봄'의 심정으로 알맞은 것을 고르십시오.

① 억울하다　　② 자랑스럽다　　③ 후련하다　　④ 행복하다

3. 위 글의 내용과 같은 것을 고르십시오.

① 박봄은 자기가 앓고 있는 지병으로 인해 가수 활동을 돌연 중단해 결국 투애니원은 해체됐다.
② 가창력이 뛰어난 박봄은 4차원적인 성격과 자유분방한 사고방식 덕분에 방송계에서 주목 받았다.
③ 투애니원 팬덤은 박봄의 금지 약물 사건에 대해 전혀 이해할 수 없다는 입장을 밝혔다.
④ YG엔터테인먼트의 일방적인 발표로 투애니원은 어쩔 수 없이 재결합하게 됐다.

閱讀測驗解答　1. ②　2. ①　3. ②

韓檢必備單字

① 선보이다：亮相

| 詞性：動詞 | 同義詞：내놓다, 보이다 | 反義詞：가리다, 감추다 |

例句　최근 홍콩 경마장에서 열린 홍콩 국제경마대회 개막식에 깜짝 무대를 선보인 한국 가수는 바로 비였다.
日前在香港賽馬場舉辦的香港國際賽馬錦標賽開幕式上，驚喜亮相的韓國歌手就是 RAIN。

② 히트하다：走紅

| 詞性：動詞 | 同義詞：유행하다, 성행하다 |

例句　1994년 데뷔한 가수 박진영은 당시 타이틀곡 '날 떠나지마'가 크게 히트한 뒤 30년 넘게 대중 음악계에 몸담아 왔다.
1994 年出道的歌手朴軫永，自當時的主打歌〈Don't Leave Me〉走紅以來，已投身流行音樂界超過 30 年了。

③ 가산점(加算點)：加分

| 詞性：名詞 |

例句　NS윤지가 미국 영화 '리프트'에 캐스팅되며 할리우드에 진출하게 된 데에는 가수 경력이 가산점이 됐다.
NS 允智的歌手經歷，為他演出美國電影《偷破天際線 (Lift)》和進軍好萊塢加分。

④ 자유분방(自由奔放)하다：天馬行空、自由奔放

| 詞性：形容詞 | 同義詞：자유롭다 | 反義詞：얽매이다, 구속되다, 제한되다 |

例句　가수 이효리는 과거 걸 그룹 핑클 활동 당시 왕따를 당했다는 소문에 대해 "자유분방한 성격 탓에 팀에 적응하지 못했던 때가 있었다"고 밝혔다.
歌手李孝利就過去在女子團體 Fin.K.L 活動時被孤立的傳聞表示：「因為自由奔放的性格，我有一段時間無法適應團體生活。」

⑤ 돋보이다：突出

| 詞性：動詞 | 同義詞：두드러지다, 튀다, 강조되다 |

例句　투모로우바이투게더는 지난해 12월 팬들을 위해 깜짝 현수막 이벤트를 열었다는 소식을 듣고, 멋진 비주얼 만큼이나 훈훈한 팬 사랑이 돋보이는 행동이었다는 생각이 들었다.
聽說 TOMORROW X TOGETHER 去年 12 月為粉絲們舉辦了驚喜橫幅活動，覺得他們對粉絲的溫暖愛意，就像他們帥氣的外表一樣突出。

⑥ 형성(形成)하다：形成

| 詞性：動詞 | 同義詞：이루다, 이루어지다, 구성하다 | 反義詞：해체하다 |

例句　최근 한국에서는 트롯 열풍으로 기존 젊은 팬들과 달리 '경제력'을 지닌 중장년층 팬들이 급증하면서 팬덤의 구매와 기부 활동이 더욱 크게 형성될 것으로 보인다.
隨著最近韓國 Trot 熱潮的興起，不同於現有的年輕粉絲，擁有「經濟能力」的中老年粉絲正急速增加，預計粉絲群的購買和捐贈活動將形成更大的規模。

⑦ 수용(受容)하다 : 買單、接受

詞性：動詞	同義詞：받아들이다	反義詞：거부하다

例句　대중 예술 전문가들 사이에서는 관객 1만 명 이상을 **수용할** 수 있는 공연장이 수요에 비해 턱없이 부족하다며 대형 공연을 할 수 있는 공연장 건설이 시급하다고 지적했다.
大眾藝術專家指出，與需求相比，能夠容納 1 萬名以上觀眾的表演場地嚴重短缺，急需建設能夠進行大型演出的表演場地。

⑧ 안타깝다 : 惋惜

詞性：形容詞	同義詞：안쓰럽다 , 안되다 , 애처롭다 , 답답하다

例句　싱어송라이터 유재하는 1987년 첫 앨범 '사랑하기 때문에'로 엄청난 인기를 얻었으나 얼마 지나지 않아 불의의 사고로 세상을 떠나 많은 이들이 **안타까워했다**.
創作歌手柳在夏於 1987 年憑藉首張專輯《Because I Love You》獲得極高人氣，但不久後便因意外去世，令許多人感到惋惜。

⑨ 조절(調節) : 調整

詞性：名詞	同義詞：조정 , 컨트롤

例句　아이돌에게 식단 **조절**은 노력으로 극복해야 하는 필수 과제로 알려졌다.
對偶像而言，調整飲食被認為是必須努力克服的必要課題。

⑩ 감량(減量) : 減量

詞性：名詞	同義詞：감소	反義詞：증량

例句　4인조로 개편 후 새 앨범으로 돌아온 틴탑 멤버들은 이번 안무로 체중 **감량** 효과를 누릴 수 있을 것이라고 말했다.
改編成 4 人組後，帶著新專輯回歸的 TEEN TOP 成員們表示「這次的編舞可以享受減重的效果」。

|延伸單字|

무수하다 無數　　**저버리다** 辜負　　**공인되다** 被認可　　**출연진** 出演班底　　**러브 라인** 愛情線
타격을 입히다 受到打擊　　**혐의를 받다** 涉嫌　　**입건유예** 延緩立案　　**주의력 결핍 장애** 注意力缺失症
사그라들다 平息

文法　V아/어 마지않다 🎧 35

說明

이 문법은 V(동사)가 뜻하는 행동을 진심으로 한다는 것을 강조할 때 사용한다. 이때 V는 소망, 칭찬, 환영 등의 뜻을 지닌 일부 동사만 V자리에 올 수 있다.
此文法用於強調衷心做出 V（動詞）所指的行動時。此時，只有具期望、讚揚、歡迎等含義的部分動詞才可以放在 V 的位置上。

例句

① 팬들은 누구나 자기가 좋아하는 가수들의 신곡을 **기대해 마지않는다**.
所有的粉絲都熱切期待自己喜歡的歌手出新歌。

② 가수라면 누구나 **감탄해 마지않는** 가창력과 무대 매너를 갖추는 것이 기본이다.
身為歌手，具備令所有人讚嘆的唱功和舞台風度是基本的。

實戰練習

A. 請選填正確的單字。

1. 가요계 천왕 현철이 향년 82세의 나이로 별세했다는 (　　) 비보에 가요계는 슬픔에 잠겼어요.
   ① 자유분방한　　② 히트한　　③ 안타까운　　④ 돋보인

2. 가수들은 노래를 부를 때 가사에 담긴 감정을 표현하기 위해 강약 (　　)을 매우 섬세하게 한다.
   ① 감량　　② 가산점　　③ 자유분방　　④ 조절

3. 많은 가수들은 팬심을 악용한 암표 거래 만큼은 (　　)는 입장을 확고히 했다.
   ① 수용할 수 없다　　② 돋보일 수 없다　　③ 히트할 수 없다　　④ 선보일 수 없다

4. 미국 음악 매체 빌보드는 보이 그룹 보이넥스트도어(BOYNEXTDOOR)를 두고 "멤버 모두가 음악, 스토리텔링, 안무, 무대 연출에 참여하는 등 집단적 창의성이 (　　) 그룹"이라고 평가했다.
   ① 안타까운　　② 선보이는　　③ 돋보이는　　④ 수용하는

5. 연말 시상식에 참가한 가수들은 저마다 스타일리시한 패션 스타일을 (　　) 매력을 과시했어요.
   ① 선보이며　　② 자유분방하며　　③ 수용하며　　④ 히트하며

B. 請用前面學習的文法「V아/어 마지않다」完成句子。

1. 이번 음악 방송 프로그램에 출연한 가수들은 내가 ＿＿＿＿＿ 노래들을 부르며 가창력을 과시했다. (사랑하다)

2. 적지 않은 후배 뮤지션들은 가수 겸 작곡가 윤상을 ＿＿＿＿＿ 선배로 꼽았다. (존경하다)

實戰練習解答　A. 1.③　2.④　3.①　4.③　5.①
B. 1. 사랑해 마지않는
   2. 존경해 마지않는

INFINITE 南優賢 인피니트 남우현

公認飯撒魔人 克服癌症重返舞台

不只歌唱實力堅強 飯撒更是一級棒

男團 INFINITE 作為 2 代團代表之一，擁有〈Be Mine〉、〈The Chaser〉、〈Man In Love〉等多首名曲，自 2018 年開始長達 5 年的軍白期。2023 年，隊長金聖圭成立公司「INFINITE COMPANY」並促成完整體回歸，感動眾多網友。

其中成員南優賢，有著俊俏外表與堅強歌唱實力，高辨識度的嗓音可說是 INFINITE 的歌曲「浮水印」。而南優賢不只很會唱歌，連「飯撒 (Fan Service)」都是出了名的厲害，總是毫無保留地對粉絲訴說愛意，肉麻舉止讓粉絲直呼受不了。

公認的「南朋友」優賢考慮粉絲荷包 貼心指數超爆表！

作為寵粉代表，南優賢對 INSPIRIT (粉絲名) 告白、撒嬌、鬧脾氣樣樣來，男友力大爆發也讓部分粉絲以他的姓氏「南」，幫他取了「南朋友」的綽號，雖然這些舉動看似油膩，卻飽含南優賢的真心。

不只如此，2022 年南優賢直播時，有粉絲問：「為什麼不使用付費溝通軟體呢？」南優賢回覆：「那個是要額外付費的對嗎？你們 (想跟我聊天的話) 直接私訊就好，我會努力回覆的。」體貼粉絲的行為更加圈粉。即使他後來還是使用了付費溝通軟體，但為了不讓粉絲覺得白花錢，時常傳訊息、照片等等與粉絲互動，相當照顧粉絲的心情。

自曝罹癌心境 想堅守與粉絲約定登上舞台

INFINITE 多年後再次以完全體回歸，團魂感動了無數 K-pop 樂迷。不過在 2023 年，南優賢受訪時透露自己罹患名為「胃腸道基質瘤」的罕見癌症，在同年 4 月底進行全身麻醉手術，術後昏迷約一週的時間，更有兩個月左右沒辦法吃飯，幸好在成員和親朋好友的鼓勵下撐了過來。

然而，南優賢先前從未向外界透露自己生病的事情，而是到了情況穩定後才公開，手術前南優賢甚至還來台舉辦見面會，當時絲毫看不出異狀，對此南優賢僅表示：「不想打破與粉絲之間的約定。」硬是到台灣舉辦見面會，令人感動卻又十分心疼，幸好現在恢復狀況良好，粉絲也希望南優賢能保持健康，繼續他的演藝生涯。

공식 인증 특급 팬 서비스의 달인, 암 극복하고[1] 무대로 복귀

탁월한 가창력에 팬 서비스도 일품[2]

2세대 보이 그룹의 대표 주자 중 하나인 인피니트는 '내꺼하자', '추격자', '남자가 사랑할 때' 등 여러 히트곡을 갖고 있다. 인피니트는 2018년부터 무려 5년간 군 복무로 인한 공백기를 가졌다. 2023년 리더 김성규는 '인피니트 컴퍼니'를 설립하고 완전체의 복귀를 추진해[3] 많은 네티즌들을 감동시켰다.

멤버 중에서 남우현은 잘생긴 외모와 탄탄한[4] 가창력을 자랑한다. 남우현의 인지도[5] 높은 목소리는 인피니트 노래의 공식 '트레이드 마크[6]'이기도 하다. 게다가 남우현은 노래 뿐만 아니라 '팬 서비스'까지도 대단한 걸로 알려졌다. 항상 팬들을 향한 사랑을 거침없는 애교로 표현하고 이런 닭살 돋는 행동은 팬들을 참을 수 없는 지경에 이르게 만든다.

공인 '남친'으로 인정받는 우현, 팬들의 주머니 사정을 고려한 배려심 '갑'(甲)

팬 사랑꾼의 대표로 꼽히는 남우현은 인피니트 팬덤 인스피릿(INSPIRIT)을 향해 고백하고, 애교과 투정을 부렸다. 이런 남자 친구와 같은 폭발력은 일부 팬들로 하여금 그의 성 '남'을 이용해서 '남친'과 같은 별명을 만들어 부르게 했다.

이러한 그의 행동은 다소 느끼해[7] 보일 수 있지만 남우현의 진심이 가득 담겨 있는 것이다.

그뿐만이 아니라 남우현은 2022년 라이브 방송에서 한 팬이 "왜 유료 소통 앱을 사용하지 않느냐"고 묻자 남우현은 "그거는 돈 내고 들어오셔야 되잖아요. 여러분들 (저와 대화를 나누고 싶다면) 그냥 DM 보내세요. 답장해 줄게요"라고 대답했다. 이렇게 팬들을 깊이 배려하는 행동을 하니까 더 많은 팬들이 모였다. 나중에 그는 유료 소통 앱을 사용했지만, 팬들에게 돈 낭비라고 느끼지 않게 하려고 메시지와 사진 등을 자주 보내면서 팬들과 소통하는 등 팬들의 기분을 상당히 배려했다[8].

암에 대한 심경을 토로하며 무대에 서겠다는 팬들과의 약속을 지키고자 했다

인피니트가 수년 만에 다시 완전체 그룹으로 돌아왔다. 이러한 모습에 수많은 케이팝 팬들은 감동했다. 하지만 남우현은 2023년 한 인터뷰에서 자신이 '위장관 기질 종양'(기스트, GIST)이라는 희귀 암을 앓았다고 밝혔다. 그는 같은 해 4월 말 전신 마취를 한 채로 수술을 받은 뒤 일주일 가량 혼수 상태에 빠졌고, 두 달 정도 밥도 먹지 못했다면서 다행히 멤버들과 가족과 친구들의 격려로 회복할 수 있었다고 토로했다.

하지만 남우현은 그전까지 자신이 이런 병에 걸렸다는 사실을 외부에 공개한 적이 없었다. 상황이 **안정된**[9] 후에서야 이를 공개한 것이었다. (㉠) 이에 대해 남우현은 "팬들과의 약속을 **깨고**[10] 싶지 않았다"며 대만 팬미팅을 강행한 이유를 밝혔다. (㉡) 이는 사람들로 하여금 감동하게 하면서도 십분 마음 아프게 했다. (㉢) 다행히 그는 현재 잘 회복해 건강 상태는 양호하다.

(㉣) 팬들은 남우현이 건강을 유지해 연예계 활동을 이어갈 수 있기를 바라고 있다.

閱讀測驗

1. 위 글에서 밑줄 친 부분과 바꾸어 쓸 수 있는 것을 고르십시오.

① 게다가　　② 이처럼　　③ 이로 인해　　④ 그러므로

2. 위 글에서 〈보기〉의 글이 들어가기에 가장 알맞은 곳을 고르십시오.

〈보기〉 수술 직전 남우현은 대만까지 와서 팬미팅을 개최했는데, 당시 이상 증세는 눈꼽 만큼도 보이지 않았다.

① (㉠)　　② (㉡)　　③ (㉢)　　④ (㉣)

3. 위 글의 내용과 일치하는 것을 고르십시오.

① 남우현은 자신이 암에 걸린 것을 걱정하는 팬들에게 돈을 쓰지 말아 달라고 부탁했다.
② 인피니트의 군 공백기 후의 컴백은 남우현이 없었으면 불가능했다.
③ 남우현은 팬들이 걱정할 것을 우려한 나머지 자신이 암에 걸렸다는 것을 치료 후에야 밝혔다.
④ 인피니트 멤버들은 남우현이 암에 걸리자 활동 중단을 하고 팬들에게 도움을 호소했다.

閱讀測驗解答　1.①　2.①　3.③

韓檢必備單字

① 극복(克服)하다：克服

詞性：動詞	同義詞：이기다, 뛰어넘다, 넘어서다, 돌파하다

例句　가수 이은미는 과거 가정 문제, 금전 문제, 건강 등으로 극심한 슬럼프에 빠졌다가 이를 극복한 사연을 공개했다.
歌手李銀美公開了自己過去因家庭問題、財務問題和健康問題等陷入嚴重低潮後加以克服的故事。

② 일품(一品)：一流

詞性：名詞	同義詞：절품

例句　레드벨벳 웬디의 솔로 무대를 본 이들은 웬디의 가창력과 무대 매너가 모두 일품이라고 칭찬을 아끼지 않았다.
看到 Red Velvet 成員 Wendy 的 solo 舞台，觀眾交口稱讚 Wendy 的歌唱實力和舞台風範都是一流的。

③ 추진(推進)하다：促進

詞性：動詞	同義詞：진행하다, 추동하다

例句　부산시교육청이 케이팝 인재 양성을 위해 2028년 3월 개교를 목표로 부산 국제 케이팝 고등학교 설립을 추진한다고 밝혀 이목이 집중됐다.
釜山市教育廳宣布將以 2028 年 3 月開校為目標，促成釜山國際 K-pop 高中的設立以培養 K-pop 人才，此舉備受關注。

④ 탄탄하다：堅強、紮實

詞性：形容詞	同義詞：단단하다, 튼튼하다, 굳세다, 철저하다

例句　크래비티는 탄탄한 실력과 폭발력 있는 퍼포먼스를 펼치며 공연장을 압도했다.
CRAVITY 以堅強的實力和爆發力十足的表演震撼全場。

⑤ 인지도(認知度)：辨識度、認知度

詞性：名詞	同義詞：인식도

例句　해마다 아이돌 그룹 70여 팀이 가요계에 데뷔하고 있는 가운데 인지도를 높이기 위한 신인 그룹들의 경쟁도 상당히 치열하다.
每年有 70 多組偶像團體在歌謠界出道，為了提升認知度，新人團體之間的競爭也相當激烈。

⑥ 트레이드 마크：標誌

詞性：名詞

例句　모자에 스카프를 두른 스카프 패션은 지드래곤의 트레이드 마크가 되어 버렸다.
在帽子上繫絲巾的頭巾時尚，已經成為 G-DRAGON 的標誌了。

⑦ 느끼하다：油膩

詞性：形容詞	同義詞：기름지다, 니글니글하다	反義詞：담백하다, 깔끔하다

例句　가수 로이킴은 채소보다는 고기, 곱창, 양대창과 같은 느끼한 음식을 즐겨 먹는 것으로 알려졌다.
眾所周知，歌手 Roy Kim 比起蔬菜，更喜歡吃肉、牛小腸和牛大腸等油膩的食物。

⑧ **배려(配慮)하다**：體貼、照顧

詞性：動詞	同義詞：생각하다 , 배의하다	反義詞：무시하다 , 배척하다

例句　걸 그룹 여자친구는 팬미팅에 휠체어를 타고 온 팬을 **배려해** 모두 펜을 들고 무대 아래로 내려가 눈높이를 맞추고 사인을 하고 허리를 굽혀 팬과 이야기를 나누었다.
女團 GFRIEND 為了照顧一位坐輪椅來參加粉絲見面會的粉絲，全員拿著簽名筆走下舞台，配合其高度簽名，並彎腰與粉絲交談。

⑨ **안정(安定)되다**：穩定

詞性：動詞	同義詞：정상화되다 , 안착되다

例句　춤을 추면서 **안정된** 라이브 실력을 갖추는 것은 아이돌 그룹에게 필수 조건이라고 할 수 있다.
在跳舞的同時具備穩定的現場演唱實力，可以說是偶像團體的必備條件。

⑩ **깨다**：打破

詞性：動詞	同義詞：깨뜨리다 , 깨트리다	反義詞：지키다 , 유지하다

例句　걸 그룹 투애니원은 10년간의 공백을 **깨고** 데뷔 15주년 기념 완전체 콘서트를 열어 화제가 됐다.
女團 2NE1 打破 10 年的空白，舉辦了出道 15 週年紀念完整體演唱會，成為熱門話題。

│延伸單字│

팬 서비스 飯撒　　**달인** 達人、高手　　**암** 癌症　　**복귀** 回歸　　**탁월하다** 卓越
거침없다 毫無保留、毫無顧忌　　**닭살 돋다** 肉麻、起雞皮疙瘩　　**위장관 기질 종양** 胃腸道基質瘤
희귀 암 罕見癌症　　**전신 마취** 全身麻醉

文法　V(으)면서도　🎧 38

說明

이 문법은 동시 발생을 나타내는 '-(으)면서'에 '也'를 뜻하는 '도'가 결합된 형태로, 앞의 V와 뒤의 동작이 동시에 일어나지만 뒤의 내용은 앞의 내용과 대조적인 의미를 갖게 됨과 동시에 뒤의 내용이 강조되는 느낌이 강하다.

此文法是由表示同時發生的「-(으)면서」和表示「也」的「도」組合而成，所以前面的 V 和後面的動作是同時發生的，但後面的內容和前面的內容具有對比之意，同時給人一種強調後面內容的感覺。

例句

① 요즘 인기를 끄는 아이돌 그룹의 노래는 **새로우면서도** 중독성이 강한 것이 특징이라고 할 수 있다.
最近受歡迎的偶像團體歌曲，特徵是新穎且中毒性強。

② 전문가들은 일부 노래에서는 클래식 음악을 샘플링해 쓰는 것에 대해 "일반 신곡에 비해 **쉽게 친숙해질 수 있으면서도** 곡 자체의 독창성과 매력이 부족할 경우 오히려 클래식 선율로 인해 역효과가 날 수 있다"고 지적했다.
就部分歌曲採樣古典音樂的行為，專家指出：「與一般新歌相比，較容易讓人產生熟悉感，但如果歌曲本身缺乏獨創性和魅力，反而會因為加入古典旋律而產生反效果。」

實戰練習

A. 請選填正確的單字。

1. 1990년대 후반 조성모를 시작으로 브라운 아이즈(Brown Eyes), 문차일드(Moon Child), 왁스(WAX) 등은 얼굴을 공개하지 않고 노래나 뮤직비디오만 공개하는 '신비주의 마케팅' 전략으로 (　　) 을/를 높이는 데 성공했어요.
   ① 일품　　② 트레이드 마크　　③ 인지도　　④ 배려

2. 뮤지컬 배우 출신으로 (　　) 가창력을 뽐낸 조정석은 한 예능 프로그램을 통해 정규 1집을 발매하고 가수 데뷔에 성공했어요.
   ① 느끼한　　② 배려한　　③ 탄탄한　　④ 극복한

3. 아이들(i-dle)은 걸 그룹에게 붙는 한계와 편견들을 (　　) 음악들을 할 것이라며 음악에는 성별이 없다고 강조했다.
   ① 깨는　　② 추진하는　　③ 안정되는　　④ 배려하는

4. 경기도의회는 대중문화예술인으로 성장하고자 '연습생'이라는 불안정한 시기를 겪는 문화예술인 지망 청소년의 권익 보호를 위해 아이돌 연습생 지원 조례 제정을 (　　) 했다.
   ① 추진하기로　　② 배려하기로　　③ 극복하기로　　④ 안정돼기로

5. 모회사 하이브와 분쟁 중인 민희진 전 어도어(ADOR)대표가 "뉴진스의 계획을 이뤄갈 것"이라며 "고난을 (　　) 계획이 있다"고 밝혔다.
   ① 배려할　　② 안정될켰　　③ 추진할　　④ 극복할

B. 請用前面學習的文法「V(으)면서도」完成句子。

1. 에프티아일랜드(FTISLAND)는 공연할 때마다 무대 곳곳을 ＿＿＿＿＿＿ 안정된 연주와 폭발적인 가창력을 선보여 '믿고 듣는 밴드'로 인식된다. (뛰어다니다)

2. 그래미 어워드를 수상한 한국계 미국인 프로듀서는 케이팝은 들을 때는 굉장히 멋있지만, 음악이 끝나면 '다음은 뭐지?'라는 생각이 ＿＿＿＿＿＿ "정답은 없다"고 했다. (들다)

實戰練習解答　A. 1.③ 2.③ 3.① 4.① 5.④
　　　　　　　B. 1. 뛰어다니면서도
　　　　　　　　 2. 들면서도

Apink 에이핑크

著名「粉絲腦女團」10 多年來堅守與粉絲的約定

清純妖精代名詞 出道 10 多年感情始終如一

Apink 自 2011 年亮相以來，一直以清新風格聞名，擁有〈NoNoNo〉、〈Mr. Chu〉、〈LUV〉等紅遍大街小巷的熱門歌曲。即使 Apink 後期轉型為稍微成熟的風格，Apink 在 K-pop 粉絲心目中仍是永遠的「清純妖精」代表。

出道時 Apink 為 7 人團體，後來洪瑜暻、孫娜恩退團，如今成員人數為 5 人，雖然成員數量有所變動，但大家對彼此的感情相當緊密。身為出道多年的「長青女團」，Apink 除了平時的個人活動，成員們也會像是老朋友間相聚一樣，定期合體發行新專輯、舉辦粉絲見面會和演唱會，Apink 與 Panda (粉絲名) 之間建立了非常深厚的關係。

每年發行 Fan Song 飽含對粉絲的愛

相當寵粉的 Apink，從 2012 年慶祝出道一週年、2014 年出道 1000 日時，分別發表紀念單曲〈April 19th〉和〈Good Morning Baby〉後，2015 年至今，幾乎每年都會在出道日 4 月 19 日發行「Fan Song (粉絲頌)」。除了 2020、2023 年時因發行日相近直接收錄進新專輯，每年都特別選在出道日 4 月 19 日推出，就像是遵守與粉絲之間的約定，愛粉絲的心溢於言表。

值得一提的是，成員們都有參與過 Fan Song 的作詞。2022 年推出的〈I want you to be happy〉更首次由全員完成作詞，也是孫娜恩退團後首次以 5 人形式發表的歌曲，歌詞表達 Apink 成員們想將痛苦留給自己，只希望粉絲能幸福，並表示希望之後也能繼續一起走下去，展現成員與粉絲之間的深厚感情。

各自閃耀也不忘初心 團體仍繼續前行

雖然 Apink 近年以個人活動為重心，還是能在演唱會、公演上看到完整體演出，而距離最近一次出新專輯已有 1 年多的時間，粉絲也相當期待與好奇何時能聽到新專輯。而近期成員們受訪時，也不斷透露 Apink 接下來會有合體發行新專輯的計畫，鄭恩地也說成員們一直在討論新專輯的概念，也請粉絲多多期待。

10년 넘게 팬들과의 약속을 지켜 온 '찐 팬 사랑' 걸 그룹

청순[1] 요정돌의 대명사, 데뷔 후 10년이 넘도록 변함없는 감정

2011년 데뷔한 에이핑크는 상큼한 스타일로 **명성**[2]을 날리면서 'NoNoNo', 'Mr. Chu', 'LUV' 등의 히트곡들은 거리에서 쉽게 들을 수 있는 노래가 되었다. 후기의 에이핑크는 조금 **성숙한**[3] 스타일로 변모했지만 여전히 케이팝 팬들의 마음 속에는 '청순 요정돌'의 영원한 대표로 **자리매김하고**[4] 있다.

데뷔 당시 7인조였던 에이핑크는 홍유경과 손나은이 탈퇴한 이후 현재까지 멤버 수는 5명이다. 멤버 수에 변동이 있었음에도 이들의 서로에 대한 감정은 상당히 끈끈하다. 데뷔한 지 꽤 오랜 시간이 지나 '장수 걸 그룹'이 된 에이핑크는 평소에 개인 활동을 이어가면서도 멤버들은 또한 마치 오랜 친구들이 모임 하듯 함께 모여 **정기적**[5]으로 새 앨범을 발매하고, 팬미팅과 콘서트를 개최할 계획이다. 에이핑크와 팬덤 판다(Panda)는 굉장히 깊고 두터운 관계가 형성됐다.

매년 팬 사랑 가득 담아 팬 송 발표해

팬 사랑꾼 에이핑크는 데뷔 1주년인 2012년과 데뷔 1000일을 맞은 2014년에 기념 팬 송 '4월 19일'과 'Good Morning Baby'를 각각 발표하고 나서 2015년부터 지금까지 거의 해마다 데뷔일인 4월 19일에 팬 송을 발표해 오고 있다. (㉠) 이렇게 보면 에이핑크는 팬들과의 약속을 반드시 지켜 온 것으로 그들의 팬에 대한 사랑은 말로 표현할 수 없을 만큼 차고 넘친다. (㉡)

주목할 만한 점은 멤버 전원이 팬 송 작사에 참여했다는 것이다. (㉢) 2022년 발표한 '나만 알면 돼'는 처음으로 멤버 전원이 작사한 곡이자 손나은 탈퇴 이후 5명의 멤버가 처음 발표한 곡이기도 했다. (㉣) 에이핑크 멤버들은 가사에서 고통을 자기에게 **남기고**[6], 팬들은 **오로지**[7] 행복하기만을 바라는 마음, 그리고 그렇게 앞으로도 함께 할 수 있기를 바라는 마음을 (   ) 멤버와 팬 사이의 돈독한 감정을 부각했다.

각자 반짝이며[8] **초심을 잊지 않은 채 그룹은 계속 전진 중**

에이핑크는 최근 몇 년간 솔로 활동에 무게를 두고 있지만, 여전히 콘서트와 공연에서는 완전체의 모습을 볼 수 있다. 가장 최근에 발표된 새 앨범이 1년이란 시간이 흐른 만큼이나 팬들 또한 새 앨범을 언제 들을 수 있을지 상당한 기대와 **호기심**[9]을 갖고 있다. 최근 멤버들도 인터뷰에서 에이핑크가 완전체가 되어 새 앨범을 발표할 계획이 있다고 줄곧 밝혀 왔다. 정은지도 "멤버

들은 계속해서 새 앨범 콘셉트에 대해 **논의하고**[10] 있다"며 팬들에게 많이 기대해 달라고 당부했다.

閱讀測驗

1. 위 글의 (　　)에 들어갈 내용으로 가장 알맞은 것을 고르십시오.

① 표현했기 때문에　② 표현했을 뿐만 아니라　③ 표현하도록　④ 표현하면서

2. 위 글에서 〈보기〉의 글이 들어가기에 가장 알맞은 곳을 고르십시오.

〈보기〉 2020년과 2023년의 경우 팬 송이 앨범에 직접 수록되었는데, 앨범 발매일이 데뷔일과 비슷하다는 이유에서였다.

① (㉠)　② (㉡)　③ (㉢)　④ (㉣)

3. 위 글의 내용과 일치하는 것을 고르십시오.

① 에이핑크는 데뷔한 지 너무 오래돼서 팬들에게 잊히지 않으려고 매년 팬 송을 만들고 있다.
② 팬들은 각자 활동하는 에이핑크 멤버들보다 완전체의 에이핑크를 더 좋아한다.
③ 에이핑크의 멤버 수가 줄어든 것도 다 팬을 위해서였다.
④ 에이핑크는 팬을 위한 노래의 가사를 직접 쓰기도 했다.

閱讀測驗解答　1. ④　2. ①　3. ④

韓檢必備單字

① 청순(清純):清純

詞性:名詞

例句　과거 소녀시대는 청순, 발랄, 섹시의 매력을 지닌 걸 그룹의 대명사로 여겨졌다.
過去少女時代被認為是擁有清純、活潑、性感魅力的女團代名詞。

② 명성(名聲):名聲

詞性:名詞	同義詞:명예, 이름, 명망

例句　가요계에 황제 나훈아는 약 1년에 걸쳐 전국 14개 도시, 총 38회 진행된 '라스트 콘서트'의 전회 매진 기록과 함께 '가황'의 명성을 다시 한번 입증했다.
歌謠界皇帝羅勳兒歷時約 1 年，在全國 14 個城市舉辦共 38 場的「LAST CONCERT」門票全數售罄，創下紀錄的同時也再次證明了其「歌皇」的名聲。

③ 성숙(成熟)하다:成熟

詞性:動詞	同義詞:발달하다, 익다

例句　과거 아이돌 팬덤이 처음 생겼을 때와 비교하면 팬덤 문화가 성숙해져 가고 있는 것은 사실이지만, 케이팝의 영향력과 팬덤의 규모가 확대되면서 더욱 성숙한 팬덤 문화가 자리잡아야 한다는 지적이 나왔다.
相較於過去偶像粉絲剛出現時，粉絲文化確實日趨成熟，但隨著 K-pop 影響力和粉絲群規模的擴大，有人指出應該建立更加成熟的粉絲文化。

④ 자리매김하다:佔據地位

詞性:動詞	同義詞:차지하다

例句　1세대 아이돌 S.E.S.는 데뷔곡 'I'm Your Girl'과 함께 트렌디한 스타일을 선보이며 대한민국 대표 걸 그룹으로 자리매김했다.
1 代偶像 S.E.S. 以出道曲〈I'm Your Girl〉展現了時尚的風格，穩坐韓國代表女團的地位。

⑤ 정기적(定期的):定期

詞性:名詞、冠形詞	同義詞:정례적	反義詞:부정기적, 임시적, 비정기적

例句　많은 아이돌 그룹은 공식 팬클럽 회원들을 위해 정기적으로 팬미팅을 열어 팬들과 돈독한 관계를 형성하고자 한다.
許多偶像團體定期為官方粉絲俱樂部會員舉辦粉絲見面會，希望能與粉絲們建立深厚的關係。

⑥ 남기다:留下

詞性:動詞	同義詞:두다, 물려주다, 전하다	反義詞:없애다, 치우다

例句　한국 최장수 아이돌 신화는 멤버 전원이 군 복무 후 컴백한 최초의 '군필돌'로 후배 아이돌들에게 그룹 탈퇴 없이도 솔로 활동을 병행할 수 있다는 성공적인 선례를 남겼다.
韓國最長壽偶像團體神話，作為全員服完兵役後回歸的始祖「軍畢豆」，給偶像後輩們留下了即使不退團，也能兼顧個人活動的成功先例。

⑦ 오로지:只

詞性:副詞	同義詞:오직, 단지, 전혀

例句　덕후들의 덕질은 오로지 최애와 그들의 행복을 위한 행동이라고 봐야 한다.
追星族的追星行為，應該被視為單純為了本命和他們的幸福而採取的行動。

⑧ 반짝이다 : 閃耀

詞性：動詞	同義詞：반짝거리다, 반짝대다, 반짝반짝하다

例句 덕후의 마음 속에서 **반짝이는** 별은 오로지 최애밖에 없다.
在追星族的心裡，閃耀的星星唯有本命。

⑨ 호기심(好奇心) : 好奇心

詞性：名詞

例句 엑소의 경우, 데뷔 직전 멤버들이 한 명씩 공개되면서 대중들의 **호기심**을 자극해 데뷔 초반부터 이목을 집중시키는 데 성공한 대표적인 예다.
以 EXO 為例，他們在出道前逐一公開成員身分來激發大眾的好奇心，是自出道初期就成功吸引人們注意的典型例子。

⑩ 논의(論議)하다 : 討論

詞性：動詞	同義詞：토의하다

例句 BTS는 지난 2022년 워싱턴 D.C.에서 조 바이든 미국 대통령을 만나 아시안에 대한 증오 범죄와 차별 문제 대응 방안에 대해 **논의했다**.
BTS 於 2022 年在華盛頓特區與美國總統喬·拜登會面，討論針對亞裔的仇恨犯罪和歧視問題的應對方案。

延伸單字

찐 팬 사랑 粉絲腦、超愛粉絲　　**요정돌** 妖精豆(妖精偶像)　　**대명사** 代名詞　　**상큼하다** 清新
변모하다 轉型　　**두텁다** 深厚　　**부각하다** 刻劃、突顯　　**전진** 前行　　**줄곧** 一直　　**당부하다** 囑咐

文法　V듯(이)

說明

앞의 내용과 뒤의 내용이 거의 같거나 같은 정도로 그렇다는 것을 나타낸다. 말하고자 하는 본래의 의미 또는 사실의 이해를 돕기 위해 사용하는 비유하는 표현이다. V와 '듯이' 사이에 '-으시-', '-었-', '-겠-'이 붙어 '-으시듯이', '-었듯이' 등으로도 쓸 수 있다.

表示前面的內容和後面的內容幾乎相同或程度相當。它是一種比喻的表達方式，用來幫助理解說話者想要傳達的原意或事實。V 和「듯이」之間也可以加入「-으시-」、「-었-」、「-겠-」，作「-으시듯이」、「-었듯이」等形式使用。

例句

① 외국 케이팝 팬들은 기자 앞에서 **자랑하듯이** 최애 카드를 꺼내 들고 깜찍한 포즈를 취했다.
外國 K-pop 粉絲像是在炫耀般，在記者面前拿出本命的卡片，擺出可愛的姿勢。

② 아이돌 그룹 빅뱅의 10주년 콘서트가 열린 서울 상암 월드컵 경기장 앞 매장에서는 빅뱅 모자와 열쇠고리, 응원봉과 타월, 거울 등 빅뱅 관련 제품들이 날개 **돋친 듯** 팔렸다.
偶像團體 BIGBANG 的 10 週年演唱會在首爾上岩世界盃體育場舉行時，體育場前的商店裡販售的帽子、鑰匙圈、應援手燈、毛巾、鏡子等 BIGBANG 周邊商品，如迅雷不及掩耳般銷售一空。

實戰練習

A. 請選填正確的單字。

1. 알앤비(R&B) 가수 이정은 한 음악 프로그램에서 트로트 노래를 부르며 트로트 가수로서의 새로운 도전을 밝혀 시청자들에게 향후 활동에 대한 (　　　)을 불러일으켰다.
   ① 호기심　　② 명성　　③ 정기적　　④ 청순

2. 남자 아이돌은 국방의 의무를 마치면 과거의 이미지와 다르게 보다 (　　　) 모습으로 팬들 앞에 서고자 부단히 노력해요.
   ① 반짝이는　　② 자리매김하는　　③ 논의하는　　④ 성숙한

3. 팬 커뮤니티 플랫폼 위버스는 출시부터 엄청난 관심을 모으며 전 세계 팬들이 마음 놓고 덕질할 수 있는 글로벌 팬 커뮤니티 플랫폼으로 굳건히 (　　　).
   ① 자리매김했다　　② 성숙해졌다　　③ 남겼다　　④ 반짝였다

4. 2022년 미니 앨범을 끝으로 활동을 중단했던 갓세븐(GOT7)이 최근 3년 만에 완전체로 앨범을 녹음하고 있으며 구체적인 컴백 날짜를 (　　　) 있는 것으로 전해졌다.
   ① 남기고　　② 논의하고　　③ 반짝이고　　④ 자리매김하고

5. 많은 팬덤들은 정기적으로 기부와 봉사를 통해 사회에 선한 영향력을 행사하면서 셀럽에 대한 좋은 이미지를 (　　　) 있어요.
   ① 성숙하고　　② 남기고　　③ 자리매김하고　　④ 논의하고

B. 請用前面學習的文法「V듯(이)」完成句子。

1. 아이돌의 대박은 가뭄에 콩 ＿＿＿＿＿＿＿＿ 일어나기 때문에 데뷔 초반부터 인지도를 쌓기 위해 안간힘을 쓴다. (나다)

2. SM엔터테인먼트 창립자의 조카 소녀시대 써니(SUNNY)는 과거 SM 경영권 분쟁 당시 팬들에게 "약간 강 건너 불 ＿＿＿＿＿＿＿＿ 지켜보자"고 메시지를 보냈다. (구경하다)

實戰練習解答　A. 1.① 2.④ 3.① 4.② 5.②
B. 1. 나듯이
   2. 구경하듯이

EXID Hani 이엑스아이디 하니

最強逆襲神話 多年後與粉絲重逢太感人

出道前期備受期待 發展不順面臨解散危機

「逆襲女團」EXID 於 2012 年出道，由知名製作人新沙洞老虎擔綱製作，甫出道就受到大眾關注。不料出道短短兩個月就有 3 名成員退出，團體面臨重大危機，歷經成員改組後，最終以率智、Hani、ELLY (LE)、慧潾、正花 5 人組進行女團演藝活動。

然而，改組後的 EXID 錯過向上發展的最佳機會，即使發行〈I Feel Good〉、〈Every Night〉等歌曲也無人問津，〈Up & Down〉宣傳期更因為亞運被迫提早結束，讓發展不順的情況雪上加霜，團體面臨解散危機。

憑一支直拍爆紅 EXID 起死回生

在〈Up & Down〉宣傳期黯然結束後，同年 10 月 Hani 的性感直拍影片突然爆紅，在 SNS 上廣為流傳，不僅讓〈Up & Down〉逆襲回榜，「Hani」、「EXID」等關鍵字也立刻登上熱搜，EXID 被各大音樂節目「強制召回」再次宣傳，更成功拿下 6 座音樂節目冠軍，一夕之間從瀕臨解散危機的女團，一躍成為最火紅的話題藝人。

爆紅之後，EXID 不只一次感謝上傳直拍影片的人，也對一直以來不離不棄、相信並支持他們的 LEGGO (粉絲名) 表達謝意。而 EXID 首次海外 showcase 就來到台灣，門票開賣即秒殺，台灣粉絲送上的感人應援影片更讓台上台下哭成一片，不僅感受到 EXID 一路走來的艱辛，與粉絲之間的深厚感情更成一段佳話。

多年後與粉絲再會 感人故事賺人熱淚

團體活動進入休息期後，Hani 近年來轉型成演員，主演的作品也話題不斷。在某次演講上，有位女粉絲分享了他與 Hani 的小故事，他說小時候去愛寶樂園參加 EXID 的活動，當時想跟 Hani 要簽名，但經紀人拒絕了，Hani 見狀主動向經紀人求情說：「能不能只給那位小不點簽個名就好？」而當年的小不點已長大成人，更以 Hani 為榜樣努力生活著，這段故事也讓台上的 Hani 忍不住感動落淚。

閱讀文章 42

최강의 역주행 신화, 수년 만에 팬들과 재회해 무한 감동

데뷔 초 기대를 받았으나 흥행 부진으로 해체 위기에 직면해

'역주행 걸 그룹' 이엑스아이디는 유명 프로듀서 신사동호랭이가 제작해 2012년 데뷔하자마자 대중들로부터 주목을 받았다. 뜻밖에도 데뷔 두 달여 만에 멤버 3명이 탈퇴하면서 큰 위기에 직면했다. 멤버에 대한 재편이 진행됐고, 마침내 솔지, 하니, 엘리(ELLY), 혜린, 정화 등 5인조로 이루어진 걸 그룹으로 연예 활동을 이어 나갔다.

(   ), 재편된 이엑스아이디는 더욱 부상할[1] 수 있는 절호의 기회를 놓쳐버렸다. 'I Feel Good', 'Every Night' 등의 곡을 발표했지만, 아무도 관심을 주지 않았고, '위아래' 홍보 기간은 아시안 게임 때문에 일찍 활동을 끝내야 했다. 그룹은 이런 순조롭지[2] 않은 상황에서 설상가상[3]으로 강제[4] 해체 위기에 직면했다.

우여곡절[5] 끝에 직캠 하나 제대로 터져 기사회생의 길로

'위아래'의 활동 기간이 큰 성과 없이 끝난 후, 같은 해 10월 하니의 섹시한 모습이 담긴 직캠 영상이 돌연 인기를 끌었다. 이 영상은 SNS에 널리[6] 퍼지면서 '위아래'는 역주행해 차트에 재진입했을 뿐만 아니라 '하니', 'EXID' 등의 키워드가 검색어[7]로 급부상했다. 이어 이엑스아이디는 각종 음악 방송에서 '강제 소환'으로 거듭[8] 홍보됐고 급기야[9] 음악 방송 6관왕을 차지하며 하루 아침에 해체 위기 걸 그룹에서 가장 인기 있는 화제의 연예인으로 거듭났다.

이엑스아이디는 인기를 얻은 후에도 직캠 영상을 올려주신 이에게 감사 인사를 <u>전하는가 하면</u> 늘 한결같은 마음으로 그들을 믿고 지지해 주신 이엑스아이디 팬덤 레고(LEGGO)에게도 감사하다는 말을 전했다. 이엑스아이디의 첫 해외 쇼케이스는 대만에서 열렸는데, 티켓은 예매 시작과 동시에 매진됐다. 대만 팬들이 선물한 감동적인 응원 영상은 무대 위와 아래를 눈물짓게 만들었다. 이엑스아이디가 그간 겪은 우여곡절은 물론 팬들과의 돈독한 감정은 좋은 이야기로 남았다.

수년 만에 다시 만난 팬의 눈물짓게 만든 감동적인 일화

그룹 활동이 휴식기에 들어간 뒤 하니는 최근 배우로 변신하며 맡은 주연 작품이 꾸준히 화제가 되어 왔다. 한 강연에서 여성 팬은 하니와 관련된 일화를 들려줬다. 일화에 따르면, 어릴 적 이엑스아이디 활동에 참여하기 위해 에버랜드에 간 <u>여성 팬</u>은 하니에게 싸인을 받고 싶어했지만 매니저는 거절했다. 이를 본 하니는 자발적으로 매니저에게 "저기 꼬마만 싸인해주면 안 돼요?"라고 간곡히 부탁했다. 당시의 꼬마는 커서 어른이 되었고 그는 하니를 롤 모델로 삼아서 노력하며 살고 있다고 말했다. 이 사연을 들은 하니는 무대에서 눈물을 **글썽였다**[10].

閱讀測驗

1. 위 글의 (　　)에 들어갈 알맞은 것을 고르십시오.

① 하지만　　② 그리고　　③ 게다가　　④ 그러면

2. 위 글에서 밑줄 친 부분에 나타난 '팬'의 심정으로 알맞은 것을 고르십시오.

① 죄송스럽다　　② 후회스럽다　　③ 허전하다　　④ 서운하다

3. 위 글의 내용과 일치하는 것을 고르십시오.

① 하니는 신사동호랭이와 공동 음악 작업을 통해 이엑스아이디의 히트곡을 탄생시켰다.
② 이엑스아이디가 대만에서 첫 쇼케이스를 한 이유는 대만에서만 인기가 많았기 때문이다.
③ 하니는 어린 팬들에게만 감사하다는 인사를 하면서 싸인을 해줬다.
④ 이엑스아이디는 그룹 멤버의 탈퇴, 해체 위기 등 우여곡절 끝에 발표한 곡이 뒤늦게 성공했다.

閱讀測驗解答　1. ①　2. ④　3. ④

韓檢必備單字 🎧 43

① 부상(浮上)하다：躍升

| 詞性：動詞 | 同義詞：떠오르다, 뜨다, 올라서다 |

例句　'버추얼 아이돌'이 케이팝 시장의 새로운 트렌드로 **부상하자** 연예 기획사뿐 아니라 대형 정보 기술(IT) 업체까지 버추얼 아이돌 시장에 뛰어들었다.
隨著「虛擬偶像」躍升為 K-pop 市場的新趨勢，不僅演藝經紀公司，就連大型資訊科技 (IT) 公司也投身虛擬偶像市場。

② 순조(順調)롭다：順利

| 詞性：形容詞 | 同義詞：원만하다, 무사하다, 순탄하다 |

例句　가수 박정현은 **순조롭게** 데뷔를 준비하던 중 돌연 회사가 파산하는 바람에 데뷔가 무산됐다고 회상했다.
歌手朴正炫回憶，原本正順利地準備出道，公司突然破產，導致出道計畫告吹。

③ 설상가상(雪上加霜)：雪上加霜

| 詞性：名詞 | 同義詞：설상가설, 전호후랑 | 反義詞：금상첨화 |

例句　트로트 가수 박서진은 투병하던 두 형을 하늘로 떠나보냈는데, **설상가상**으로 모친까지 자궁 경부암 3기 판정을 받으면서 고통의 시기를 맞아야 했다.
Trot 歌手朴瑞鎮送走了兩位與病魔抗爭的哥哥，雪上加霜的是，連他的母親也被診斷出患有第 3 期子宮頸癌，讓他經歷了痛苦的時期。

④ 강제(强制)：強制

| 詞性：名詞 | 同義詞：강요, 강박, 강권 |

例句　걸 그룹 베이비몬스터는 국내 음악 방송 무대를 공식 종료했지만, 퍼포먼스 영상에 대한 호평이 잇따르면서 한 음악 방송에 **강제** 소환돼 화려한 무대를 선보였다.
女團 BABYMONSTER 雖然已正式結束國內音樂節目的演出，但因表演影片廣獲好評而被某音樂節目強制召回，展現了華麗的舞台。

⑤ 우여곡절(迂餘曲折)：波折

| 詞性：名詞 |

例句　버추얼 아이돌 그룹 플레이브는 공연장 대관 문제 등 **우여곡절**을 겪으며 어렵게 단독 콘서트를 열었다.
虛擬偶像團體 PLAVE 經歷演唱會場地租借問題等諸多波折，好不容易舉行了單獨演唱會。

⑥ 널리：廣泛

| 詞性：副詞 | 同義詞：넓게 |

例句　가수 김현철은 1989년 발매한 1집에 수록곡 '오랜만에'가 요즘에서야 **널리** 사랑받고 있다며 히트 여부와 상관없이 앨범을 정성 들여 잘 만들면 언젠가 인정받는 날이 올 거라 믿는다고 말했다.
歌手金賢哲表示，自己於 1989 年發行的第 1 張專輯中的收錄曲〈It's Been A While〉最近才受到廣泛喜愛，他相信無論是否能成為熱門歌曲，只要用心製作好專輯，總有一天必能得到認可。

⑦ 검색어(檢索語)：搜尋詞

| 詞性：名詞 |

例句　2024년 네이버에서 10대들이 가장 많이 입력한 케이팝 보이 그룹의 **검색어**는 세븐틴, 라이즈, 투어스, 데이식스, 더보이즈 순으로 나타났다.
2024 年青少年最常在 NAVER 上輸入的 K-pop 男團關鍵字，依序為 SEVENTEEN、RIIZE、TWS、DAY6 和 THE BOYZ。

⑧ 거듭：再次

詞性：副詞	同義詞：재차 , 또 , 다시

例句　트와이스는 케이팝 아티스트 최초로 미국 '아마존 뮤직 라이브'에 출연해 글로벌 최정상 걸 그룹임을 **거듭** 확인했다.
TWICE 成為出演美國《Amazon Music Live》的首組 K-pop 藝人，再次證明了他們是全球頂級的女團。

⑨ 급기야(及其也)：終於

詞性：副詞	同義詞：마침내 , 결국 , 드디어

例句　레드벨벳은 데뷔 9 주년째 되는 해에 대부분 멤버에 대한 재계약 소식이 없었다. 그러자 **급기야** 해체설까지 나왔다.
Red Velvet 出道 9 週年那年，大部分成員都沒有續約的消息，結果甚至傳出了解散的傳言。

⑩ 글썽이다：含淚

詞性：動詞	同義詞：글썽거리다 , 글썽대다

例句　걸 그룹 아이즈원 권은비는 멤버들이 마련한 깜짝 생일 파티에 축하와 응원을 많이 받았던 생일은 난생처음이라며 눈물을 **글썽였다**.
在成員們準備的驚喜生日派對上，女團 IZ*ONE 的權恩妃熱淚盈眶地表示，這是自己有生以來第一次生日收到這麼多祝福和支持。

延伸單字

재회하다 重逢　　**부진** 不振　　**프로듀서** 製作人　　**절호의 기회** 絕佳機會　　**재진입하다** 重新進入
눈물짓다 落淚　　**자발적** 主動　　**꼬마** 小不點　　**간곡히** 懇切地　　**롤 모델로 삼다** 作為榜樣

文法　V는가 하면 🎧 44

說明

어떤 상황에 대해서 앞의 내용이 있으면서 동시에 뒤의 내용도 있다는 것을 의미하며 이때 앞과 뒤의 내용은 다른 내용이다.
針對某種情況表示前面的內容和後面的內容兩者同時存在，此時前後的內容是不同的。

例句

① 슈퍼주니어 노래는 대만 음원 사이트 한국 앨범 차트에서 200주 1위라는 대기록을 **세우는가 하면** 정규 10집 수록곡들이 톱 20 한국 노래 차트에서 2위부터 11위를 차지하기도 했다.
Super Junior 的歌曲創下在台灣音源網站韓語專輯排行榜上蟬聯 200 週的紀錄，同時他們的第 10 張正規專輯收錄曲也在韓語歌曲 Top20 排行榜中佔據了第 2 名到第 11 名的位置。

② 한국 케이팝의 원조라 할 수 있는 서태지와 아이들은 1992년 데뷔 앨범을 통해 한국어 랩이 불가능하다는 편견을 **깨버리는가 하면** 2집에서는 랩과 메탈이 국악과 어울릴 수 있다는 것을 보여주는 한편 3집에서는 남북통일, 교육 문제 등 사회적 문제를 가사에 담았다.
被譽為韓國 K-pop 鼻祖的徐太志和孩子們，藉由 1992 年的出道專輯，打破「韓語唱不了饒舌」的偏見，在第 2 張專輯中證明了饒舌和金屬音樂也能與國樂融合，並在第 3 張專輯中將南北統一、教育問題等社會議題寫進歌詞。

實戰練習

A. 請選填正確的單字。

1. 아일릿(ILLIT)은 데뷔 후 (　　) 끝에 괄목할 만한 성과를 거두며 데뷔 앨범 'SUPER REAL ME'의 공식 활동을 성공적으로 마무리했어요.
① 글썽이는　② 우여곡절　③ 설상가상　④ 부상하는

2. 프로미스나인(fromis_9)은 팬덤 플로버(flover)에 대한 감사의 마음을 담은 마지막 앨범 '프롬'을 공개하고 예정된 일정을 (　　) 소화했다.
① 널리　② 강제로　③ 설상가상으로　④ 순조롭게

3. 오디션 프로그램에 참가한 한 여성은 "실제로 가수 기획사 오디션에 50번 떨어진 끝에 마지막으로 합격해 걸 그룹으로 데뷔했지만 회사가 망해서 팀이 해체됐다"며 눈물을 (　　).
① 글썽였다　② 부상했다　③ 거듭했다　④ 강제했다

4. 방탄소년단과 블랙핑크(BLACKPINK)는 (　　) 구글 25년 역사상 가장 많이 검색된 인물로 꼽히면서 케이팝의 영향력을 과시했어요.
① 거듭　② 급기야　③ 널리　④ 우여곡절

5. 멤버 하나가 빠진 라이즈(RIIZE)는 보이 그룹 중 이례적으로 대중성을 확보했다는 평가와 함께 음악 차트 1위를 거머쥐며 '대세 보이 그룹'으로 (　　).
① 순조로웠다　② 강제했다　③ 글썽였다　④ 부상했다

B. 請用前面學習的文法「V는가 하면」完成句子。

1. 힙합 듀오 다이나믹 듀오(DYNAMIC DUO)의 신곡이 차트에서 _____ 10년 전에 발표한 노래가 차트에 재진입하기도 했다. (급부상하다)

2. 2023년 데뷔한 보이 그룹 제로베이스원(ZEROBASEONE)의 노래들은 국내 음악 프로그램 1위에 _____ 이듬해 미국과 영국의 유명 대중음악 사이트에서 호평과 함께 2024년 베스트 케이팝에 선정됐다. (오르다)

實戰練習解答　A. 1.② 2.④ 3.① 4.② 5.④
B. 1. 급부상하는가 하면
　2. 오르는가 하면

EXO 伯賢 엑소 백현

粉絲的「最強阿爸」

粉絲認證「天才愛豆」 升格成為公司創辦人

EXO 成員伯賢以童齡外表與堅強歌唱實力著稱，成為練習生後短短 3 個月就加入出道組，因此被粉絲稱為「天才偶像」。伯賢以 EXO-CBX、SuperM 等團體展現了多樣面貌，近年來以 solo 歌手身分活躍於 K-pop 圈，更成為韓國史上第一個擁有 300 萬專輯銷量的 solo 男歌手，成績相當亮眼。2024 年，伯賢創立新公司「INB100」，升格為社長，並簽下另外兩位團員 CHEN 和 XIUMIN。

「阿爸」名字由來蘊藏滿滿洋蔥

伯賢在 EXO 可是出了名的「寵粉」，事實上伯賢有個綽號叫「阿爸」，而究竟為何粉絲會叫伯賢「阿爸」呢？其實這有個很可愛且溫馨的原因。伯賢說自己曾在 Instagram 上看過一張粉絲畫的圖，是伯賢跟 EXO-L (粉絲名) 手牽手一起走著的模樣，圖片上方配有文字「會帶給你們幸福的，只要相信並跟隨阿爸就好」。

伯賢解釋：「和粉絲一起走的這條路上，我們 EXO 要走在最前頭，所以我才想如果我是爸爸就好了。因為爸爸總是走在前面，確認前方的路是好是壞之後，再帶著孩子向前邁進，所以才想叫你們女兒。」沒想到一聲「阿爸」的背後，竟有這麼深層的愛與深刻的意涵。

不捨粉絲花大錢 有愛比什麼都重要

事實上伯賢對粉絲的愛不只這些，從實質的行動上也能感受一二。先前因為當兵的關係，怕粉絲會想念他，因此他在入伍前提前錄製 YouTube 影片，並安排每個月更新，讓粉絲想念他的時候可以看更新的影片，雖然最後因為一些紛爭沒有完整播出，但這份心意仍相當感人。

另外，2024 年伯賢自立門戶後舉辦粉絲見面會，由於不想讓粉絲負擔高額門票費用，主動將票價訂為最低價格全席 44000 韓元 (相當於新台幣 1000 元左右)，相較於一般的粉絲見面會門票低了不少。而且不只在首爾舉辦，伯賢更為了粉絲前往光州、釜山等地，一共舉行了 7 場粉絲見面會，心意不只感動粉絲，也讓網友們大讚「佛心」！

팬들의 '만점 아빠'

팬들이 인증한[1] '천재 아이돌', 회사 설립자로 변신

엑소 멤버 백현은 동안 외모와 뛰어난 가창력으로 잘 알려져 있다. 연습생이 된 지 3개월 만에 데뷔 그룹에 합류한 까닭에 팬들은 그를 '천재 아이돌'이라고 부른다. 백현은 엑소-첸백시(CBX), 슈퍼엠(SuperM) 등 그룹에서 다양한 면모를 보여줬다. 최근에는 솔로 가수 신분으로 케이팝계에서 눈부신 활약을 펼치며[2], 한국 역사상 최초로 앨범 판매량 300만 장을 달성한 남자 솔로 가수로 기록되었는데, 이 업적은 매우 눈길[3]을 끈다. 2024년 백현은 'INB100'이라는 회사를 설립해[4] 대표가 됐고, 다른 두 명의 멤버 첸(CHEN), 시우민(XIUMIN)과 계약[5]을 맺었다.

팬들의 '아빠'가 된 감동적인 비하인드 스토리

백현은 엑소에서 팬 사랑꾼으로 유명하다. 사실, 백현은 '아빠'라는 별명을 가지고 있다. 왜 팬들은 백현을 아빠라고까지 부를까? 사실, 여기에는 아주 귀엽고 따뜻한 이유가 있다. 백현은 인스타그램에서 팬이 그린 그림을 봤다고 말한 적이 있다. 이 그림에는 백현과 엑소 팬덤 엑소엘(EXO-L)이 손잡고 걷는 모습이 그려져 있었고, 그림 상단에는 "행복하게 해줄게. 아빠만 믿고 따라와"라는 말이 적혀 있었다.

백현은 "우리는 팬들과 함께 가는 길에 앞장서서[6] 걸어가는 거니깐 내가 '아빠' 같은 존재였으면 좋겠다는 생각이 들었다"며 "아빠는 항상 무언가를 먼저하고, 앞길을 먼저 걸어 가보고 안 좋은 게 있나 없나 확인하고 아이를 데리고 오니깐, 그래서 팬들을 딸이라고 부르고 싶었다"고 설명했다. 생각하지 못하게 아빠라는 애칭에 관한 비하인드 스토리에는 깊은 사랑과 심오한 의미가 담겨 있다.

팬들이 돈 많이 쓰는 걸 원치 않아…사랑이 무엇보다 중요하기에

사실 백현은 이러한 팬에 대한 사랑은 여기서 그치지 않고 실제 행동에서도 하나둘씩 느낄 수 있다. 먼저 그는 자기가 군 입대로 인해 팬들이 자기를 그리워할까 봐 염려한[7] 나머지 입대 전에 유튜브 영상을 미리 촬영해 두고, 매달 업로드 되도록 하여 팬들이 그를 (   ) 새로 올라온 영상을 볼 수 있도록 했다. 끝내 몇 가지 이슈로 인해 모든 영상이 올라오지 못했지만, 이면에 있는 그의 발상은 매우 감동적이다.

그밖에도, 2024년 백현은 회사를 설립한 뒤 팬미팅을 개최했을 때 모든 좌석의 티켓값을 4만

4000원이라는 최저가로 본인이 직접 책정했다. 그는 팬들이 높은 금액의 티켓값을 **부담하는**[8] 것을 원하지 않았기 때문이었는데, 이는 다른 일반 팬미팅 풋값보다 훨씬 저렴한 것이었다. 이 팬미팅은 서울에서만 열린 것이 아니었다. 백현은 팬들을 위해 광주, 부산 등지에서 모두 7차례 팬미팅을 가졌다. 팬들은 이러한 백현의 마음에 감동했을 뿐만 아니라 네티즌들도 "공짜나 **마찬가지**[9]다"라며 **이구동성**[10]으로 칭찬을 쏟았다.

閱讀測驗

1. 위 글의 (　　)에 들어갈 내용으로 가장 알맞은 것을 고르십시오.

① 그리워하니까　② 그리워할 때마다　③ 그리워하는 바람에　④ 그리워하는 것 같아서

2. 위 글에서 밑줄 친 부분과 바꾸어 쓸 수 있는 것을 고르십시오.

① 변함없다　② 틀림없다　③ 다름없다　④ 끊임없다

3. 위 글의 내용과 일치하는 것을 고르십시오.

① 백현은 데뷔 때부터 지금까지 엑소-첸백시, 슈퍼엠, 엑소엘 등에서 활동 중이다.
② 백현이 직접 낳은 딸들은 모두 그의 팬클럽 멤버들이라고 아빠라고 불린다.
③ 백현은 군대에 가서도 연예인이라는 특수한 신분 덕분에 유튜브 영상을 제작할 수 있었다.
④ 백현은 팬미팅의 티켓값을 아주 저렴하게 책정해 팬 사랑을 실천했다.

閱讀測驗解答　1. ②　2. ③　3. ④

韓檢必備單字

① 인증(認證)하다：認證

詞性：動詞

例句 공식 팬클럽 가입은 보통 본인임을 인증하기 위해 본인 명의의 휴대폰으로 진행해야 하는 것이 일반적이다.
加入官方粉絲俱樂部會員時，通常需要使用本人名義的手機號碼來進行身分認證。

② 펼치다：展開

詞性：動詞　**同義詞**：펴다, 드러내다　**反義詞**：접다

例句 에이티즈는 레이디 가가 등 세계 정상급 가수들만 서 온 4만여 명 규모의 뉴욕 시티 필드에서 단독 공연을 펼쳤다.
ATEEZ 在可容納 4 萬多人、只有 Lady Gaga 等世界頂尖歌手才能登上的紐約花旗球場，舉辦了單獨演唱會。

③ 눈길：目光

詞性：名詞　**同義詞**：시선, 관심, 주목, 이목, 주의

例句 배우 출신 사업가 최시훈과 결혼을 앞둔 가수 에일리는 프러포즈부터 현재 결혼 준비 과정까지 모두 밝혀 눈길을 끌었다.
歌手 Ailee 即將與演員出身的企業家崔時訓結婚，他公開了從求婚到現在婚禮籌備的所有過程，吸引了人們的目光。

④ 설립(設立)하다：創立

詞性：動詞　**同義詞**：세우다, 만들다, 창설하다, 창립하다

例句 케이팝 아이돌 스타들은 연습생 시절부터 몸담았던 소속사를 떠나 1인 기획사를 잇달아 설립하고 있는 추세다.
越來越多 K-pop 偶像明星，離開從練習生時期就開始效力的經紀公司，紛紛創立個人經紀公司。

⑤ 계약(契約)：合約

詞性：名詞

例句 아이돌 대부분은 소속사와 계약이 만료되어 재계약을 하지 않으면 해체 또는 개인 활동을 하는 경우가 많다.
多數偶像和經紀公司的合約到期後，若不再續約，通常會解散或進行個人活動。

⑥ 앞장서다：帶頭

詞性：動詞

例句 대중음악 전문가들은 FT아일랜드가 아이돌 밴드의 불모지를 개척하는 데 앞장섰다는 평가를 하면서 이는 음악적으로 서로 배려해 주고 이해해 줬기 때문에 가능한 것이었다고 입을 모았다.
流行音樂專家一致認為，FTIsland 帶頭開拓了偶像樂團這塊荒野，而這是因為他們在音樂上互相體諒和理解才能辦到。

⑦ 염려(念慮)하다：擔心

詞性：動詞

例句 1세대 아이돌 젝스키스 멤버였던 은지원은 건강 프로그램에서 의사로부터 "정서상 우울감이 많고, 번아웃 증상도 있다"고 진단해 많은 팬들은 그의 건강을 염려했다.
曾是 1 代偶像水晶男孩成員的殷志源，在健康節目中被醫生診斷出「情緒上經常感到憂鬱，並出現倦怠症狀」，讓許多粉絲擔心他的健康狀態。

⑧ 부담(負擔)하다：負擔

詞性：動詞

例句　일각에서는 팬덤의 조공 문화를 두고 지나치게 비싼 비용을 **부담해야** 하는 팬들에게 경제적인 압박이 되기도 하고 여러 부작용도 있다고 지적했다.

部分觀點指出，粉絲圈的朝貢文化*讓粉絲必須負擔過高的費用，不僅造成經濟壓力，也伴隨各種副作用。

＊ 編按：朝貢文化是指粉絲購買禮物贈送給藝人的文化。

⑨ 마찬가지：一樣

詞性：名詞	同義詞：매한가지, 매일반

例句　숭배하는 사람이 없으면 우상은 우상이 아니다. 그런 점에서 아이돌 역시 **마찬가지**인데 자신을 좋아해 주는 팬이 없다면 아이돌은 아이돌이 될 수가 없다.

如果沒有人崇拜，神像便不再是神像。從這一點來看，偶像也是一樣，如果沒有喜歡自己的粉絲，偶像就無法成為偶像。

⑩ 이구동성(異口同聲)：異口同聲

詞性：名詞	同義詞：이구동음

例句　걸 그룹 뉴진스의 일본 도쿄 돔에서 연 첫 일본 단독 콘서트를 보러 온 팬들은 **이구동성**으로 "모든 멤버들이 귀엽다"고 말했다.

女團 NewJeans 在日本東京巨蛋舉辦首場日本單獨演唱會，前往觀看的粉絲們異口同聲地說：「所有成員都好可愛。」

延伸單字

설립자 創辨人　**동안** 童顏　**합류하다** 加入　**맺다** 締結　**상단** 上方　**심오하다** 深刻、深奧
그치다 止步　**나머지** 太～就～　**발상** 想法　**책정하다** 制定

文法　A은/ㄴ、V는, 은/ㄴ 까닭에 🎧 47

說明

어떤 행동 또는 일이 생기거나 이유 때문에 뒤의 행동이 발생한다는 것을 표현한다. '까닭'은 어떤 일이나 현상의 원인 또는 조건을 의미한다.

表示由於某種行為或事情的出現，或因為某種原因而導致後續行為發生。「까닭」指某事或某現象發生的原因或條件。

例句

① 많은 외국인들은 케이팝의 퍼포먼스와 팬덤 문화가 **차별화된 까닭에** 케이팝에 빠져들게 됐다고 말했다.

很多外國人表示，他們是因為 K-pop 的表演和獨特的粉絲文化，才會迷上 K-pop。

② 세계적으로 성공한 방탄소년단은 데뷔 초기 중소기획사 출신에 방송 기회도 **적은 까닭에** 일찌감치 해외로 눈을 돌린 것이 유효했다.

在全世界獲得成功的防彈少年團，出道初期出身小型企劃公司而很少有機會上節目，所以很早就將目光轉向海外市場，而這個做法奏效了。

實戰練習

A. 請選填正確的單字。

1. 관객들이 별도의 신분증이나 티켓을 제시하지 않고도 얼굴 인식만으로 본인 (　　)을 대체할 수 있는 티켓 시스템 기술이 개발돼 공연 현장에 도입됐다.
   ① 인증　② 눈길　③ 염려　④ 부담

2. 2010년 동방신기로 인해 공정거래위원회는 연예인의 최대 전속 (　　) 기간을 7년으로 의무화 하기 시작했다.
   ① 부담　② 계약　③ 인증　④ 설립

3. 요즘은 팬들이 먼저 아이돌의 정신 건강을 (　　) 활동 중단이나 휴식을 회사 쪽에 요구하기도 한다고 한다.
   ① 설립해　② 인증해　③ 염려해　④ 부담해

4. 1세대 아이돌 신화의 팬덤 신화창조는 나무를 기부해 숲을 만들어 나가는 등 일반인들도 하기 어려운 일들을 (　　) 실천했다.
   ① 부담해서　② 설립해서　③ 인증해서　④ 앞장서서

5. 블랙핑크(BLACKPINK) 제니(Jennie)가 새 앨범에 담긴 곡 중 일부에는 피처링 아티스트가 포함돼 있다고 깜짝 공개해 (　　)을 끌었다.
   ① 설립　② 인증　③ 부담　④ 눈길

B. 請用前面學習的文法「A은/ㄴ、V는, 은/ㄴ 까닭에」完成句子。

1. 콘서트장 앞에서 '내가 내 명의로 이 티켓을 샀다'는 사실을 ＿＿＿＿＿＿＿＿＿＿＿＿ 대부분의 콘서트는 티켓만 있다고 해서 입장이 가능하지 않다. (증명해야 하다)

2. 내가 좋아하는 노래는 누구나 들어도 십분 ＿＿＿＿＿＿＿＿＿＿＿＿ 모든 연령층으로부터 사랑 받고 있다. (공감하다)

實戰練習解答　A. 1.①　2.②　3.③　4.④　5.④
B. 1. 증명해야 하는 까닭에
   2. 공감하는 까닭에

防彈少年團 방탄소년단

以音樂傳達自身理念與愛

從不受關注到全球爆紅

如今已是世界級男團的防彈少年團，2013 年以強烈風格的嘻哈歌曲〈No More Dream〉出道，之後陸續發行了〈N.O〉、〈Boy in Luv〉等歌曲。當時，防彈少年團雖然有著滿腔的熱血與抱負，關注度卻不如預期，也讓他們開始懷疑自己。

直到 2015 年，防彈少年團憑藉《花樣年華》系列嶄露頭角、受到矚目，並初次拿下音樂節目一位，後續更以〈Blood Sweat & Tears〉、〈Spring Day〉爆紅，防彈少年團的天團之路正式開啟。值得一提的是，防彈少年團不只橫掃韓國各大頒獎典禮獎項，更是韓國首組在美國告示牌音樂獎上獲獎的 K-pop 團體，其影響力遍及全世界。

用最擅長的音樂 表達對粉絲的愛

防彈少年團在全世界擁有非常多 A.R.M.Y（粉絲名，暱稱為阿米），他們時常把阿米掛在嘴邊，發表得獎感言的第一句話永遠是高喊「阿米！」甚至成員柾國將粉絲名刺青在手上，對粉絲的真心表露無遺。此外，他們也將對阿米的愛融入音樂，譜出多首紅遍全球且感動人心的 Fan Song。

其中〈2! 3!〉的歌詞以曾經不被看好的閒言閒語開頭，接著副歌唱道「沒關係，來，數一二三就忘掉，將所有悲傷的記憶抹去，牽著我的手露出笑容」，傳達出「把不好的回憶全忘記，未來也與防彈少年團攜手前行」的意義。

而在防彈少年團出道 10 週年發行的歌曲〈Take Two〉，不僅回顧出道 10 年以來的點點滴滴，融入以往作品的歌詞與概念，以優美又飽含真心的歌詞，表達對阿米的感謝與愛。特別的是，這首歌發行時成員 Jin 和 j-hope 已經入伍，入伍前提前準備的這份 10 週年禮物，讓阿米們相當感動。

持續發揮音樂影響力 2025 年迎接完整體回歸

出道以來，防彈少年團持續透過音樂傳達自身理念。從出道早期訴說青少年時期的煩惱、控訴社會不公，到關注自身心理健康的「愛自己」，他們持續用音樂傳遞訊息，成為許多粉絲的心靈慰藉。而防彈少年團自從 2022 年成員 Jin 入伍後開始「軍白期」，不過 2025 年 6 月將全員「軍畢」，相信阿米們已經迫不及待看到防彈少年團合體，也期待防彈少年團持續為音樂界注入正面的能量。

음악으로 자신의 신념¹과 사랑을 전한다

무관심 속에서 글로벌 센세이션²을 일으키다

오늘날 이미 글로벌 보이 그룹으로 자리잡은 방탄소년단은 2013년 강렬한³ 스타일의 힙합 곡 'No More Dream'으로 데뷔한 뒤 이어 'N.O', '상남자' 등의 노래를 발표했다. 당시 방탄소년단은 열정과 포부⁴로 가득찼음에도 이들에 대한 관심이 예상한 만큼에 미치지 못하자 이들은 스스로를 의심하기 시작했다.

2015년에 이르러서야 방탄소년단은 '화양연화'(花樣年華) 시리즈로 두각을 나타내며 주목을 받으면서 음악 프로그램에서 처음으로 1위를 차지했다. 이어 발표한 '피 땀 눈물', '봄날'이 히트를 치며 방탄소년단은 슈퍼 아이돌 그룹으로서의 본격적인 여정에 들어갔다. 방탄소년단은 한국 주요 시상식에서 상을 휩쓸었을 뿐만 아니라, 미국 빌보드 뮤직 어워드에서 케이팝 그룹 최초로 수상하면서 이들의 영향력이 전 세계에 (   ) 점은 주목할 만하다.

최고의 장기인 음악으로 팬에 대한 사랑을 표현한다

전 세계에 수많은 팬덤 아미(A.R.M.Y)를 보유하고⁵ 있는 방탄소년단은 늘 아미를 언급한다. 수상 소감을 말할 때도 첫 마디로 제일 먼저 '아미!'를 외쳤다. 심지어 멤버 정국은 자신의 손에 팬덤의 이름을 타투로 새기며 팬들에 대한 진심을 유감없이 드러냈다. 그뿐만 아니라 이들은 음악에 아미에 대한 사랑을 녹여냈다⁶. 전 세계적으로 인기를 누리며 사람들을 감동시킨 팬 송을 다수 발표했다.

그중 팬 송 '둘! 셋!'의 가사는 한 번쯤은 들어봤을 법한 듣기 싫은 비난들로 시작된다. 이어 "괜찮아. 자, 하나 둘 셋 하면 잊어. 슬픈 기억 모두 지워. 내 손을 잡고 웃어"라는 후렴구가 나온다. 이는 "나쁜 기억은 모두 잊고 앞으로 방탄소년단과 함께 손을 잡고 앞으로 나아가자"라는 의미를 전달했다.

방탄소년단 데뷔 10주년을 맞아 공개된 곡 'Take Two'에서 이들은 데뷔 이후 10년의 모든 순간을 하나하나 돌아보고, 이전 작품의 가사와 사상을 녹여 아름답고 진심이 담긴 가사로 아미에게 감사와 사랑을 표현했다. 이 곡이 공개됐을 당시 멤버 진(Jin)과 제이홉(j-hope)이 군 입대를 한 상태였지만, 이는 군 입대 전에 10주년 선물로 미리 준비해 둔 곡으로 아미들을 십분 감동시켰다는 점이 특별하다.

음악적 영향력 지속 발휘…2025년 완전체로 컴백 기대

방탄소년단은 데뷔 이래 음악을 통해 끊임없이 자신의 신념을 전해왔다. 데뷔 초기 청소년기의 고민을 말하고 사회적 **불의**[7]를 호소했고, 자신의 **심리적**[8] 건강에 주목한 'Love Yourself'에 이르기까지 이들은 꾸준히 음악을 통해 메시지를 전했고, 이는 많은 팬들에게 정신적으로 **위안**[9]이 되었다. 방탄소년단은 2022년 멤버 진의 군입대 이후 '군백기'를 시작하지만, 2025년 6월 멤버 전원이 전역하게 된다. 방탄소년단의 합체를 **학수고대해**[10] 온 아미들은 앞으로도 방탄소년단이 가요계에 긍정적인 에너지를 계속 불어넣어줄 것이라고 기대해 본다.

閱讀測驗

1. 위 글에서 밑줄 친 부분과 바꾸어 쓸 수 있는 것을 고르십시오.

① 예상한 까닭에 ② 예상한 정도에 ③ 예상한 다음에 ④ 예상한 대신에

2. 위 글의 (   )에 들어갈 내용으로 가장 알맞은 것을 고르십시오.

① 미쳤다는 ② 미칠 것이라는 ③ 미치겠다는 ④ 미치던

3. 위 글의 내용과 일치하는 것을 고르십시오.

① 방탄소년단은 '화양연화' 시리즈로 데뷔해 대성공을 거두었다.
② 방탄소년단은 항상 아미에 대해 감사하는 마음을 갖고 음악으로 보답한다.
③ 방탄소년단 멤버들은 아직 군 복무를 시작하지 않았다.
④ 방탄소년단 멤버들은 음악과 팬들을 통해 정신적 위안을 얻고자 했다.

閱讀測驗解答 1. ② 2. ① 3. ②

韓檢必備單字

① 신념(信念)：信念

| 詞性：名詞 | 同義詞：믿음 , 소신 , 신조 | 反義詞：무신념 |

例句　많은 가수들은 확고한 신념을 가지고 그 신념을 지키기 위해 피나는 연습을 한다.
　　　許多歌手都有著堅定的信念，並為了堅守其信念而刻苦練習。

② 센세이션：轟動

| 詞性：名詞 | 同義詞：돌풍 |

例句　서태지와 아이들은 1992년 3월 데뷔해 1996년 1월 은퇴를 발표하기 전까지 주도적으로 창작한 음악, 춤, 패션 등으로 센세이션을 일으켰다.
　　　徐太志和孩子們從 1992 年 3 月出道至 1996 年 1 月宣布隱退為止，憑藉自己主導創作的音樂、舞蹈和時尚等引起了轟動。

③ 강렬(強烈)하다：強烈

| 詞性：形容詞 | 同義詞：강하다 , 격렬하다 , 깊다 , 진하다 |

例句　르세라핌은 미국 캘리포니아에서 열린 공연에서 그들 특유의 강렬한 비트가 돋보이는 미공개곡을 선보였다.
　　　LE SSERAFIM 在美國加州的一場演出中，表演了一首突顯其特有強烈節奏的未公開歌曲。

④ 포부(抱負)：抱負

| 詞性：名詞 | 同義詞：계획 , 꿈 , 희망 |

例句　1세대 아이돌 그룹 신화의 멤버 앤디는 기획사를 설립하고 아이돌 제작에 포부를 밝혔다.
　　　1 代偶像團體神話的成員 Andy 成立了經紀公司，並表明打造偶像的抱負。

⑤ 보유(保有)하다：擁有

| 詞性：動詞 | 同義詞：가지다 , 간직하다 , 소유하다 , 지니다 |

例句　원더걸스는 10대는 물론 기성세대까지 폭넓은 팬덤을 보유하며 사랑받는 '롤 모델'이 되자 걸 그룹들이 쏟아져 나오기 시작했다.
　　　Wonder Girls 擁有從青少年到成年人的廣大粉絲群，在他們成為備受喜歡的「榜樣」後，女團開始紛紛湧現。

⑥ 녹여내다：融入

| 詞性：動詞 |

例句　긴 공백을 겪은 가수 강다니엘은 컴백 앨범에 일할 수 있음에 감사하다는 심정을 녹여냈다고 밝혔다.
　　　經歷漫長空白期的歌手姜丹尼爾表示，他將對於能夠工作的感激之情，融入在回歸專輯之中。

⑦ 불의(不義)：不公

| 詞性：名詞 | 同義詞：부당 , 부정 | 反義詞：정의 |

例句　과거 록 밴드 넥스트로 활동했던 고 신해철은 불의를 보면 참지 못하는 성격으로 강자에게 강하고 약자에게 약한 사람으로 널리 알려졌다.
　　　曾經作為搖滾樂團 N.EX.T 活動的已故歌手申海澈，因為無法忍受不公的個性，是出了名遇強則強、遇弱則弱的人。

⑧ 심리적(心理的)：心理的

詞性：名詞、冠形詞	同義詞：심적 , 내적 , 정신적 , 정서적 , 감정적

例句　조용한 발라드 노래는 **심리적**으로 불안할 때 들으면 마음의 안정을 가져다 주기 때문에 널리 사랑 받는다.
安靜的抒情歌曲在心理不安時收聽，能夠帶來心靈的平靜，因此廣受喜愛。

⑨ 위안(慰安)：慰藉

詞性：名詞	同義詞：위로 , 안위

例句　아이돌에 대한 '덕질'은 20·30 직장인에게 일상의 **위안**으로 자리잡았고, 이들은 아이돌 팬덤의 '큰손'으로 떠올랐다.
對偶像的「追星」行為已經成為2、30歲上班族日常的慰藉，而他們也躍升為粉絲群中的「大戶」。

⑩ 학수고대(鶴首苦待)하다：苦苦盼望、翹首以待

詞性：動詞	同義詞：기다리다 , 고대하다 , 학망하다

例句　모든 멤버들의 군백기가 끝난 보이 그룹의 컴백은 완전체 활동을 **학수고대한** 팬들의 소원이 이루어진 것과 다름없다.
男團全員結束軍白期後的回歸，對苦苦盼望他們以完整體活動的粉絲來說，就像是願望成真了。

延伸單字

| 오늘날 如今 | 미치다 達到 | 두각 頭角 | 수상하다 得獎 | 타투 刺青 | 유감없이 毫無遺憾地 |
| 후렴구 副歌 | 호소하다 控訴 | 전역하다 退伍 | 불어넣다 注入 | | |

文法　A/V을/ㄹ 법하다 🎧50

說明
A/V에서 언급된 내용과 같을 가능성이 있다고 추측함을 나타낼 때 사용하는 표현이다.
推測事實可能與 A/V 中提及的內容相同時，使用此表達方式。

例句

① 각자 개성과 취향에 따라 진심으로 좋아하는 아이돌 그룹이 하나쯤은 **있을 법하다**.
根據每個人各自的個性和喜好，應該多少都會有一個真心喜歡的偶像團體。

② 한 연예 전문 매체는 소녀시대 윤아 등을 두고 가수 활동이 취미라고 해도 **될 법하다**고 평가했다.
某娛樂媒體評論稱，對於少女時代潤娥等人來說，歌手活動或許只是興趣。

實戰練習

A. 請選填正確的單字。

1. 일부 전문가들은 팬들의 덕질이 그들에게 정서적으로 (　　)을/를 주고, 오히려 일상 생활에서 성취도를 높일 수 있는 동기로 강하게 작용한다고 분석했다.
   ① 신념　　② 불의　　③ 위안　　④ 포부

2. 아이돌 팬들의 무한한 사랑은 영원히 이루어질 수 없기 때문에 미련하다고 여겨지기도 하지만 이들은 각자의 (　　)을/를 가지고 어느 누구보다 진지한 사랑을 하고 있다.
   ① 심리적　　② 신념　　③ 포부　　④ 센세이션

3. 내가 특정 아이돌 그룹을 좋아하는 이유는 그들이 적어도 나에게만큼은 (　　)을/를 일으켰기 때문이다.
   ① 불의　　② 포부　　③ 센세이션　　④ 위안

4. 아이돌 그룹이 해체된 뒤에도 그들의 완전체 활동을 (　　)경우가 많다.
   ① 보유하다는　　② 학수고대하는　　③ 녹여내다는　　④ 강렬하다는

5. 아이돌은 (　　)인 부담감과 체력적인 피로감 등으로 건강 문제가 생기는 것이 다반사지만 적어도 팬들 앞에서만큼은 웃으려고 노력한다.
   ① 심리적　　② 불의　　③ 부담　　④ 센세이션

B. 請用前面學習的文法「A/V을/ㄹ 법하다」完成句子。

1. 많은 아이돌의 데뷔 전 에피소드는 모두 드라마나 영화에 _____ 이야기다. (나오다)
2. 해외 공연을 마치고 막 귀국해서 피곤함이 _____ 데도 모두들 밝은 표정으로 무대 위에 섰다. (사라지지 않았다)

實戰練習解答　A. 1. ③　2. ②　3. ③　4. ②　5. ①
B. 1. 나올 법한
　2. 사라지지 않았을 법한

DAY6 데이식스

苦熬多年後迎接「My Day」、一切苦盡甘來

出道前期關注度不如預期 高品質音樂仍受讚賞

DAY6 作為 JYP 娛樂推出的韓國樂團，甫出道有 6 位成員，歷經成員變動後，現由晟鎮、Young K、元弼以及度云 4 位組成。DAY6 出道前期並沒有想像中受矚目，即使音樂作品被粉絲稱讚，也曾獲得 SHINee KEY、SEVENTEEN DK、AOA 雪炫等藝人的推薦，累積了一定的知名度，但 DAY6 始終處於小有名氣的階段，甚至被部分人嘲「歌紅人不紅」。直到 2023 年，在成員們服兵役期間，很久之前發行的兩首歌曲〈You Were Beautiful〉、〈Time of Our Life〉在網路上造成廣大迴響，使歌曲逆行回榜，DAY6 的知名度也大大提升。

2024 年逆行神話 拿下大賞淚謝粉絲

在歌曲逆行後，DAY6 關注度急劇上升，2024 年 3 月結束「軍白期」並以完全體回歸，9 月發行新專輯《Band Aid》，主打歌〈Melt Down〉空降各大音源榜單上位圈，之後更拿下冠軍，展現 DAY6 的高人氣。

然而，逆行神話沒有止步於此，2024 年 3 月發行的專輯收錄曲〈HAPPY〉因師妹 NMIXX 翻唱後逆行，連帶主打歌〈Welcome to the Show〉、新專輯主打〈Melt Down〉熱度狂飆，甚至達成榜單前三名皆為 DAY6 歌曲的紀錄，更被網友稱為「DAY6 熱潮」。

2024 年 DAY6 迎接出道以來最火紅的時刻，在許多年末頒獎典禮上也大有斬獲，在《2024 KGMA》上獲得「Grand Performer」大賞肯定，這也是 DAY6 出道 9 年以來首次獲得大賞，隊長晟鎮致詞時不斷表達對 My Day（粉絲名）的感謝。

Young K 發表感言時更眼眶泛淚表示：「我們真的花了很長的時間，不斷思考要如何製作音樂並站上舞台，可以得到如此大的獎項真的很開心，也希望大家都能一直幸福快樂，保持健康，我們以後也能開心地繼續活下去。My Day 我愛你們，謝謝！」真摯感言逼哭粉絲。

出道 9 年站上巔峰 不變的是與粉絲的深厚情感

2024 年可說是 DAY6 之年，拿下音樂榜單冠軍、成為「一位」歌手以及奪下大賞，靠著堅持不懈的創作與累積的歌曲口碑，終於讓 DAY6 逆襲翻紅，更成首組唱進高尺巨蛋的樂團。DAY6 一路走來並不容易，但 My Day 長久以來的支持讓他們堅持下去。

2017 年 DAY6 發行歌曲〈My Day〉，之後更變成官方粉絲名稱；而在元弼在演唱會上不只一次因為 My Day 的大合唱而感動落淚，之前爆紅的〈HAPPY〉現場影片中，元弼忍不住淚水的模樣更被瘋傳，處處可見 DAY6 與粉絲間緊密相連的關係。

閱讀文章 🎧 51

수년에 걸친 **천신만고**[1] 끝에 'My Day'…**고진감래**[2]

데뷔 초기 관심도, 기대 이하…완성도 높은 음악, 뒤늦게 인기

데이식스는 JYP엔터테인먼트에서 내놓은 한국 밴드로, 데뷔 멤버는 6명이었지만 멤버 변동을 거쳐 현재는 성진, 영케이(Young K), 원필, 도운 등 4명으로 이루어졌다. (㉠) 그들의 음악 작품은 팬들의 호평을 받으면서 샤이니(SHINee) 키(KEY), 세븐틴(SEVENTEEN) 도겸, 에이오에이(AOA) 설현 등의 추천도 받게 되어 어느 정도 **지명도**[3]를 쌓았다. (㉡) 하지만 데이식스는 줄곧 조금 알려진 정도에 그쳤고, 일부는 "노래는 인기가 있어도 가수는 인기가 없다"고 **조롱했다**[4]. (㉢) 2023년까지 멤버들의 군 복무가 끝나자 오래 전에 발표한 '예뻤어'와 '한 페이지가 될 수 있게' 등 두 곡이 인터넷에서 큰 반향을 **불러일으키면서**[5] 역주행해 가요 차트에 진입했고 데이식스의 지명도도 대폭 상승하게 됐다. (㉣)

2024년 역주행 신화, 대상 수상에 눈물로 팬들에게 감사

노래들이 역주행한 뒤 데이식스에 대한 관심도 급격히 높아졌다. '군백기'를 마치고 2024년 3월 완전체 그룹으로 돌아온 데이식스는 지난 9월 새 앨범 'Band Aid'를 발표했다. 타이틀곡 '녹아내려요'는 주요 음원 차트 상위권으로 우뚝 솟아올라 1위를 휩쓸면서 데이식스의 높은 인기를 입증했다.

그러나 역주행 신화는 여기서 끝나지 않았다. 2024년 3월 발표한 앨범 수록곡 'HAPPY'는 후배 걸 그룹 엔믹스(NMIXX)의 커버 덕분에 역주행하면서 인기가 급상승했고 타이틀곡 'Welcome to the Show'와 새 앨범 'Band Aid'의 타이틀곡 '녹아내려요'도 큰 인기를 **누리며**[6] 음원 차트 1위부터 3위에 데이식스 노래가 줄을 서는 진기록을 세웠다. 이는 네티즌들 사이에서 '데이식스의 **열풍**[7]'이라고 불렸다.

2024년 데이식스는 '2024 KGMA'에서 '그랜드 퍼포머'(Grand Performer) 상을 수상하는 등 많은 연말 시상식에서도 큰 성과를 거두며 데뷔 이후 가장 달콤한 순간을 **거머쥐었다**[8]. 이는 데뷔 9년 만에 처음으로 대상을 <u>받는다는 것이었다</u>. 리더 성진은 수상 소감에서 줄곧 팬덤 마이데이(My Day)에게 감사를 표했다.

영케이는 감사하다는 말을 하며 눈물을 글썽였다. 그는 "정말 오랜 시간동안 여러분들하고 계속해서 어떻게 하면 음악하고 무대에 <u>설 수 있을까</u> 고민 많이 했는데, 이렇게 정말 큰 상까지 받을 수 있게 되어서 참 좋네요. 늘 여러분도 많이 많이 행복했으면 좋겠고요. 건강하시고 우리 앞으로도 즐겁게 잘 살아 갔으면 좋겠습니다. 마이데이 사랑해요. 감사합니다"라고 말했다. 이런 진심 어린 소감은 팬들을 울렸다.

데뷔 9년 만에 정상에 올라도 변치 않는 팬에 대한 깊은 감정

2024년은 데이식스의 해라고 말할 수 있다. 음원 차트 1위에 올라 최고의 가수가 되었고 대상을 거머쥐었기 때문이다. 부단한 창작과 노래에 대해 **누적된**[9] 입소문으로 데이식스는 반격을 펼치면서 고척돔에서 공연을 한 최초의 밴드가 됐다. 데이식스가 걸어온 길은 쉽지 않았다. 하지만 마이데이의 오랜 응원 덕분에 그들은 계속 나아갈 수 있었다.

2017년 데이식스는 'My Day'를 발표했는데, 이 노래 제목은 공식 팬클럽 이름이 되었다. 더군다나 원필은 콘서트에서 마이데이의 떼창에 감동의 눈물을 흘린 것이 한두 번이 아니었다. 앞서 인기를 얻은 'HAPPY'의 현장 영상에서 눈물을 참지 못한 원필의 모습이 인터넷을 통해 널리 퍼지기도 했다. 데이식스와 팬 사이의 강한 **유대감**[10]은 곳곳에서 볼 수 있다.

閱讀測驗

1. 위 글에서 밑줄 친 부분과 바꾸어 쓸 수 있는 것을 고르십시오.

① 설 수 있었는가 ② 설 수 있으니까 ③ 설 수 있지만 ④ 설 수 있을지

2. 위 글에서 〈보기〉의 글이 들어가기에 가장 알맞은 곳을 고르십시오.

〈보기〉 데이식스는 데뷔 초기에 상상만큼 큰 주목을 받지 못했다.

① (㉠) ② (㉡) ③ (㉢) ④ (㉣)

3. 위 글의 내용과 일치하는 것을 고르십시오.

① 팀명 데이식스의 '식스'는 현재 멤버가 여섯 명이라서 그런 이름이 생겼다.
② 완성도 높은 데이식스의 노래는 데뷔 초기 때부터 차트 상위권에 진입해 왔다.
③ 팬 사랑꾼 데이식스는 공식 팬클럽의 이름을 노래 제목으로 결정했다.
④ 데이식스의 옛날 노래들이 역주행을 한 덕분에 차트 1위부터 3위까지 싹 쓸었다.

閱讀測驗解答 1. ④ 2. ① 3. ④

韓檢必備單字

① 천신만고(千辛萬苦)：千辛萬苦

詞性：名詞	同義詞：고생, 어려움, 고난

例句　탈북 가수 김혜영은 1998년 겨울 천신만고 끝에 대한민국 땅으로 넘어 오는 데 성공했다.
　　　脫北歌手金惠英歷經千辛萬苦，在 1998 年冬天成功越境，踏上大韓民國的土地。

② 고진감래(苦盡甘來)：苦盡甘來

詞性：名詞	反義詞：흥진비래

例句　데뷔만 3년을 기다린 뒤 데뷔 첫 주 빌보드 차트 최상위권에 오른 세븐틴의 이야기는 그야말로 고진감래의 여정이었다.
　　　光出道就熬了 3 年，然後出道首週就登上 Billboard 排行榜上位圈，SEVENTEEN 的故事可謂是一段苦盡甘來的旅程。

③ 지명도(知名度)：知名度

詞性：名詞	同義詞：인지도

例句　가왕 조용필의 노래 '돌아와요 부산항에'는 일본에서 30회 이상 리메이크되면서 2000년대까지 일본에 진출한 한국 가수로 가장 높은 지명도를 가지고 있었다.
　　　歌王趙容弼的歌曲〈Come Back to Busan Harbor〉在日本被翻唱了 30 多次，在 2000 年代以前進軍日本的韓國歌手中，擁有最高的知名度。

④ 조롱(嘲弄)하다：嘲笑

詞性：動詞	同義詞：놀리다, 비웃다, 깔보다, 희롱하다	反義詞：칭찬하다, 존중하다, 존경하다

例句　가수 조현아는 '줄게' 발매 후에 많은 사람들이 자기를 심하게 조롱했다며 자기 이름을 '조롱'으로 바꿀 뻔했다고 회고했다.
　　　歌手趙賢雅回想在〈Give You〉歌曲發布後，由於太多人嘲笑自己，差點把自己的名字改成「嘲賢雅」。

⑤ 불러일으키다：造成、引起

詞性：動詞	同義詞：일으키다, 불러오다

例句　이승기는 2004년 데뷔곡 '내 여자라니까'로 폭발적인 인기를 얻으며 '누나 신드롬'을 불러일으켰다.
　　　李昇基在 2004 年憑藉出道曲〈Because you're my woman〉爆紅，並引發了「姊姊症候群」。

⑥ 누리다：享受

詞性：動詞	同義詞：얻다, 즐기다, 만끽하다, 향유하다

例句　최근 최고의 인기를 누리는 걸 그룹의 소비층이 남성보다 여성이 더 두텁다는 분석이 나왔다.
　　　分析結果顯示，當前享有最高人氣的女團，其消費族群女性更多於男性。

⑦ 열풍(烈風)：熱潮

詞性：名詞	同義詞：돌풍, 바람

例句　지난해 본격적으로 시작된 버추얼 아이돌 열풍이 올해에도 이어질 전망이다.
　　　去年正式開始興起的虛擬偶像熱潮，預計今年仍會持續下去。

⑧ 거머쥐다 : 獲取

詞性：動詞	同義詞：소유하다, 장악하다	反義詞：빼앗다

例句　가수 아이유는 서울월드컵경기장에 입성한 최초의 여자 가수이자 한국 대형 스타디움에서 모두 공연한 최초의 여자 가수라는 전무후무한 타이틀을 **거머쥐었다**.
　　　歌手 IU 獲得了空前絕後的頭銜：首位在首爾世界盃體育場舉辦演唱會的女歌手，兼首位在韓國所有大型體育場表演的女歌手。

⑨ 누적(累積)되다 : 累積

詞性：動詞	同義詞：쌓이다, 축적되다, 늘어나다

例句　유명 아이돌 그룹 멤버들은 무리한 활동으로 인한 **누적된** 피로 때문에 생긴 건강 문제를 이유로 활동을 잠정 중단하는 경우가 많다.
　　　著名偶像團體的成員經常因繁忙行程累積疲勞，導致出現健康問題而暫停活動。

⑩ 유대감(紐帶感) : 情感連結

詞性：名詞	同義詞：연대감, 소속감, 연결감	反義詞：위화감, 고립감, 외로움

例句　아티스트와 소통을 원하는 팬의 욕구는 팬 플랫폼과 1:1 채팅 서비스를 탄생시켰으며, 이는 깊은 **유대감**을 형성시켰다.
　　　粉絲想要和藝人交流的需求，促使粉絲平台和 1 對 1 聊天服務出現，也讓雙方建立深厚的情感連結。

延伸單字

걸치다　歷時、經過　　　군 복무　服兵役　　　반향　迴響　　　군백기　軍白期　　　우뚝　高高地
솟아오르다　上升　　　입증하다　證明　　　진기록　紀錄　　　정상　巔峰　　　부단하다　堅持不懈

文法　V는/ㄴ다는 것이다　🎧 53

說明

앞의 단어 또는 그 내용을 자세하게 설명하거나 정리하고자 할 때 사용하는 표현이다.
想要詳細解釋或歸納前面的單字或其內容時，使用此表達方式。

例句

① 스타의 팬 사랑을 상징하는 역조공의 장점은 그 관계가 더욱 돈독해지면서 유대감이 **강화된다는 것이다**.
　　象徵明星對粉絲愛意的逆應援，優點是可以讓兩者的關係變得更深厚，並加強情感連結。

② 아이돌 팬덤의 특징 중의 하나는 서로 같은 아이돌을 좋아한다는 공통점이 있기 때문에 서로 열린 마음으로 대하고 적극적으로 **소통한다는 것이다**.
　　偶像粉絲群的特徵之一，是彼此喜歡同一個偶像，因此能以開放的心態對待彼此並積極交流。

實戰練習

A. 請選填正確的單字。

1. 걸 그룹 투애니원(2NE1)은 해체된 이후 2022년 미국의 한 공연에서 완전체 무대를 선보였는데, 당시 컴백에 대한 기대감을 (   ).
   ① 누렸다   ② 거머쥐었다   ③ 조롱했다   ④ 불러일으켰다

2. 여러 네티즌들은 중고거래 사이트에서 (   ) 끝에 구매한 콘서트 티켓에 사기를 당해 경찰이 수사에 나섰다.
   ① 유대감   ② 지명도   ③ 고진감래   ④ 천신만고

3. 팬들은 단순히 자신이 좋아하는 아티스트들의 작품을 소비하는 것을 넘어 커뮤니티에서 소통 등을 통해 (   )을 형성하고자 해요.
   ① 지명도   ② 유대감   ③ 천신만고   ④ 고진감래

4. 로제(ROSÉ)는 '아파트'(APT.)로 미국 빌보드 메인 싱글 차트 'HOT 100'에 8위, 영국 오피셜 싱글 차트 'TOP 100'에 4위로 진입해 케이팝 여성 솔로 아티스트로서 최초, 최고 기록 등의 타이틀을 (   ).
   ① 누적됐다   ② 거머쥐었다   ③ 조롱했다   ④ 불러일으켰다

5. 뉴트로 열풍에 힘입어 수십 년 전 인기를 (   ) 노래들이 회자되면서 지난해에만 50곡이 넘는 리메이크곡이 나왔어요.
   ① 누렸던   ② 조롱했던   ③ 누적됐던   ④ 거머쥐었던

B. 請用前面學習的文法「V는/ㄴ다는 것이다」完成句子。

1. 수십 년 전에 유행했던 노래가 요즘 부쩍 젊은 세대들에게 인기를 누리고 있는 점은 모든 세대에서 복고 문화를 _____ . (받아들일 수 있다)

2. 팬들이 덕질을 하는 가장 중요한 의미는 좋아하는 가수를 위해 진행한 일들이 성공하면 마치 내가 성공한 것 같은 성취감이나 만족감을 _____ . (느낄 수 있다)

實戰練習解答 A. 1.④ 2.④ 3.② 4.② 5.①
B. 1. 받아들일 수 있다는 것이다
   2. 느낄 수 있다는 것이다

ASTRO 아스트로

文彬逝世衝擊 仍堅守團體不會解散

以清新風在 K-pop 界佔有一席之地

2016 年出道的男團 ASTRO，最初由 JINJIN、MJ、車銀優、文彬、ROCKY、尹產賀 6 位成員組成，出道時就以清新可愛的風格擄獲粉絲的心，可以說是 K-pop 界清新男團的代表之一。自 2016 年出道以來，ASTRO 除了在偶像本業上認真發展，成員們也各自在不同領域有所成就。

車銀優因帥氣的外貌被封為「撕漫男」，並陸續出演多部韓劇，奠定他在戲劇圈的地位；文彬與尹產賀則是組成小分隊「MOONBIN & SANHA」，性感帥氣的風格跳脫了 ASTRO 原有的可愛形象；JINJIN 與 ROCKY 也組成 ASTRO 第二支小分隊，以充滿復古節奏的〈Just Breath〉獲得不少好評，有著一副好歌喉的大哥 MJ 則是挑戰音樂劇，6 位成員都有不錯的發展。

文彬逝世……成員與粉絲心中永遠的痛

2023 年 4 月 19 日，成員文彬驟逝，消息一出震驚韓國娛樂圈，讓粉絲相當難過不捨。為了送文彬最後一程，當時正在當兵的 MJ 立刻告假奔喪，在海外參加行程的車銀優也緊急返韓，成員們間緊密的感情可想而知。

文彬逝世後，ASTRO 的成員們擔起文彬的哥哥身分，代替他照顧妹妹文秀雅。2024 年的聖誕節，他們重新錄製 2019 年發行的收錄曲〈Merry-Go-Round〉，作為聖誕禮物送給 AROHA（粉絲名）並發布在 YouTube 上，也在今年出道 9 週年時發行數位單曲〈Twilight〉送給粉絲。

以個人活動發展 但 ASTRO 會一直走下去

ASTRO 目前以個人活動為主，四位成員（ROCKY 無續約）都在各自的領域努力著，隊長 JINJIN 開了個人演唱會，更在 2024 年文彬忌日當天發布與文彬生前共同創作的歌曲，讓粉絲忍不住淚目；MJ 退伍後以音樂劇演員身分活動；車銀優出演多部電視劇，持續在戲劇界發光發熱；產賀則是發行 solo 專輯與參與戲劇演出，朝多元化路線發展。

雖然 ASTRO 目前較少團體活動，成員們的感情仍相當緊密，然而 ASTRO 已經 3 年沒有以完全體回歸樂壇，在各自發展之餘，AROHA 也希望能早日收到 ASTRO 合體回歸的消息呀！

閱讀文章 54

문빈 사망에 충격[1], 그룹 해체는 없을 듯

참신한[2] 스타일로 케이팝계에서 입지를 다지다

2016년 데뷔한 보이 그룹 아스트로는 최초 진진, 엠제이, 차은우, 문빈, 라키, 윤산하 등 6인조로 구성됐다. 데뷔 당시 참신하고 귀여운 스타일로 팬들의 마음을 사로잡은[3] 아스트로는 케이팝계에서 상큼한 보이 그룹의 대표 중 하나라고 할 수 있다. 2016년 데뷔 이후, 아스트로는 아이돌로서 본업에 열심히 매진해[4] 왔을 뿐만 아니라 멤버들 또한 각자 다른 영역에서 어느 정도 성과를 거두었다.

차은우는 잘생긴 외모로 '만찢남'이라는 별명과 함께 많은 한국 드라마에 출연해 드라마계에서 입지를 다졌다. 문빈과 윤산하는 서브팀 '문빈 & 산하'를 결성해 섹시하고 멋있는 스타일을 선보이며 기존에 아스트로가 갖고 있던 귀여운 이미지에서 탈피했다[5]. 진진과 라키도 아스트로의 두 번째 서브팀을 결성해 레트로 스타일의 리듬이 돋보이는 '숨 좀 쉬자'로 적지 않은 호평을 받았다. 훌륭한 노래 실력을 지닌 맏형 엠제이는 뮤지컬에 도전했다. 이렇게 멤버 6명 모두 좋은 성과를 냈다.

문빈 돌연 사망…멤버들과 팬들의 가슴 속에 영원히 아픔으로 남아

2023년 4월 19일 멤버 문빈은 갑작스럽게[6] 세상을 떠나고 말았다. 이 소식은 바로 한국 연예계를 충격에 빠뜨렸고, 팬들을 슬프게 만들었다. 문빈의 마지막 여정을 위해서 당시 군 복무 중이던 엠제이는 바로 휴가를 얻어 장례식에 참석했고, 해외 일정을 소화하던 차은우도 서둘러 귀국했다. 멤버들 간의 돈독한 관계를 짐작할[7] 수 있다.

문빈이 세상을 떠난 뒤 아스트로 멤버들은 문빈의 여동생 문수아를 돌보며 오빠 역할을 대신했다. 지난 2024년 크리스마스에 그들은 2019년에 발표한 곡 'Merry-Go-Round'를 재녹음하여 팬덤 아로하(AROHA)에게 크리스마스 선물로 유튜브에 올렸고, 그들은 올해 데뷔 9주년을 맞이하여 팬들에게 디지털 싱글 'Twilight'(트와일라잇)을 발매했다.

개인 활동 통해 더욱 성장하는 아스트로는 계속 나아갈 것

현재 4명의 멤버로 구성된 아스트로는 개인 활동 위주[8]로 각자의 분야에서 열심히 노력하고 있다. 리더 진진은 단독 콘서트를 열고, 2024년 문빈의 기일을 맞아 문빈이 생전에 함께 작곡한 곡을 발표해 팬들을 울렸다. 엠제이는 전역 후 뮤지컬 배우로 활동하고 있다. 차은우는 여러 텔레비전 드라마에 출연하며 드라마계에서 계속해서 (   ) 있다. 산하는 솔로 앨범을 발표하고 드라마에 참여하는 등 노선을 <u>다각화해</u>[9] 활동 중이다.

아스트로는 현재 그룹 활동이 **비교적**[10] 적지만 멤버들 간의 관계는 여전히 돈독하다. 3년 동안 완전체 그룹으로 가요계에 돌아오지 않았다. 멤버 각자의 성장과 함께 아로하가 아스트로의 합체 복귀 소식을 들을 수 있기를 희망해 본다.

閱讀測驗

1. 위 글의 (   )에 들어갈 내용으로 가장 알맞은 것을 고르십시오.

① 빛을 바라고   ② 빛을 발하고   ③ 빛을 보고   ④ 빛을 켜고

2. 위 글에서 밑줄 친 부분과 바꾸어 쓸 수 있는 것을 고르십시오.

① 직업을 바꿔   ② 목표를 정해   ③ 범위를 넓혀   ④ 팀을 탈퇴해

3. 위 글의 내용과 일치하는 것을 고르십시오.

① 아스트로는 한 멤버가 사망하는 바람에 나머지 멤버들은 솔로 활동만 하게 됐다.
② 아스트로는 참신함과 귀여움으로 데뷔 초기부터 주목 받았다.
③ 문빈이 빠진 5명의 아스트로 멤버들은 정기적으로 신곡을 발표하며 완전체 활동을 이어가고 있다.
④ 아스트로 팬인 문수아는 아스트로 멤버들의 여동생으로 아스트로 9주년 기념 곡을 녹음했다.

閱讀測驗解答 1. ② 2. ③ 3. ②

韓檢必備單字

① 충격(衝擊)：衝擊

詞性：名詞	同義詞：자극, 쇼크, 타격

例句 중년 여가수 혜은이는 과거 유튜브에서 나온 자신의 사망설 관련 뉴스에 **충격**을 받았다고 토로했다.
中年女歌手惠恩兒坦言，對於過去 YouTube 上傳出關於自己死亡的新聞感到很震驚。

② 참신(斬新)하다：清新；創新

詞性：形容詞	同義詞：새롭다, 신선하다, 산뜻하다

例句 팬덤 문화의 필수 코스가 된 케이팝 아티스트의 팝업 스토어는 팬과 정서적인 유대감을 형성하고, 팬이 아니더라도 누구나 갖고 싶은 **참신한** 아이템들을 선보이는 공간으로도 활용되고 있다.
K-pop 藝人的快閃店已成為粉絲文化必經路線，是既能和粉絲建立情感連結，也能展示連非粉絲也想要的新奇商品的空間。

③ 사로잡다：擄獲

詞性：動詞	同義詞：매료하다, 매혹하다, 홀리다

例句 인피니트 멤버 우현은 과거 라디오 프로그램에서 학창 시절에 여심을 **사로잡기** 위해 운명적인 여자를 데리고 노래방에 갔다고 밝혔다.
INFINITE 成員優賢過去在廣播節目中透露，學生時代曾帶著自己的夢中情人去 KTV，就為了擄獲他的心。

④ 매진(邁進)하다：努力、賣力

詞性：動詞	同義詞：노력하다, 정진하다, 애쓰다

例句 블랙핑크는 '본 핑크' 콘서트 이후 그룹 활동을 하지 않고 솔로 활동에 **매진하다가** 공연 실황 영화〈블랙핑크 월드 투어 '본 핑크' 인 시네마〉무대 인사를 위해 약 1년 만에 다시 모였다.
BLACKPINK 在「BORN PINK」演唱會之後沒有進行團體活動，而是專注於個人活動，時隔約 1 年才為了演唱會實況電影《BLACKPINK WORLD TOUR [BORN PINK] IN CINEMAS》的舞台問候而再次聚首。

⑤ 탈피(脫皮)하다：擺脫

詞性：動詞	同義詞：벗어나다, 벗다, 피하다

例句 씨엔블루는 '기획사에 의해 만들어진 아이돌 밴드'라는 편견을 **탈피하고** 성장하기 위해 피나는 노력을 했다.
CNBLUE 為了擺脫「仰賴經紀公司打造的偶像樂團」的偏見，付出了刻苦的努力追求成長。

⑥ 갑작스럽다：驟然

詞性：形容詞	同義詞：돌연하다, 뜬금없다, 느닷없다

例句 스트레이 키즈의 멤버 필릭스가 교통사고로 부상을 입었다는 **갑작스러운** 소식에 많은 팬들이 걱정했다.
驟然傳出 Stray Kids 成員 Felix 遭遇車禍受傷的消息，讓許多粉絲擔心不已。

⑦ 짐작(斟酌)하다 : 推測

詞性：動詞	同義詞：생각하다, 헤아리다, 가늠하다, 보다

例句　가수 이승환은 '어린 왕자'라는 별명을 가지고 있을 만큼 나이를 짐작하기 힘든 외모로 널리 알려져 있다.
　　　歌手李承桓有著「小王子」的外號，因其難以推測年齡的外貌而聞名。

⑧ 위주(爲主) : 爲主

詞性：名詞	同義詞：중심

例句　1세대 아이돌 멤버들로 구성된 '핫젝갓알지'는 언론과의 인터뷰에서 오프라인 위주의 팬덤이 지금보다 더 열정적이고 관계가 돈독했다고 회상했다.
　　　由 1 代偶像團體成員組成的「HOT.Sech.god.RG(H.S.g.R.)」在接受媒體採訪時回憶，當時以線下為主的粉絲群比現在更加熱情，關係也更加深厚。

⑨ 다각화(多角化)하다 : 多元化

詞性：動詞	同義詞：다양화하다

例句　유명 아이돌을 배출시킨 대형 기획사들은 최첨단 기술을 활용해 성장 전략을 다각화하는 데 주력하는 모습을 보이고 있다.
　　　培養出知名偶像的大型娛樂公司，正致力於利用最尖端技術，實現多元化成長策略。

⑩ 비교적(比較的) : 比較

詞性：名詞、副詞、冠形詞	同義詞：꽤, 상당히, 대조적, 제법

例句　버추얼 아이돌이 학교 폭력이나 열애설 등 사생활 문제에서 비교적 자유롭다는 점은 최근 많은 기획사들이 버추얼 아이돌을 육성하려는 이유로 분석됐다.
　　　據分析，虛擬偶像在校園暴力、戀愛傳聞等私生活問題上相對不受限制，是近來許多娛樂公司打算培養虛擬偶像的原因。

| 延伸單字 |

본업 本業　　결성하다 組成　　레트로 復古　　호평 好評　　장례식 喪禮　　재녹음하다 重新錄音
안기다 給予　　기일 忌日　　전역 退伍　　(빛을) 발하다 發光

文法　V고 말았다

說明

원하지 않은 일이나 예상하지 못한 일이 안타깝게 발생해서 끝났다는 것을 나타낼 때 사용한다.
用於表示不願意的事，或意想不到的事不幸發生並結束的時候。

例句

① 트와이스의 멤버 정연은 중학생 때 맹장이 터진 줄 알고 구급차에 실려갔지만 변비로 진단받고 말았다.
　　TWICE 成員定延說，國中時被抬上救護車送醫，還以為是闌尾破裂，結果被診斷是便祕。

② 많은 아이돌 그룹이 7년 계약이 끝난 후 여러 가지 이유로 결국 해체되고 말았다.
　　很多偶像團體在 7 年合約結束後，最終因為各種原因解散了。

實戰練習

A. 請選填正確的單字。

1. 옛날에도 가수들의 팬덤 문화는 존재했지만 이제는 그 규모가 (   ) 커졌고 팬들 스스로 문화를 만드는 단계에까지 이르렀다.
   ① 비교적   ② 갑작스럽게   ③ 참신하게   ④ 다각화하게

2. 진정한 팬들은 자신이 가장 사랑하는 아이돌이 하고자 하는 일에 (   ) 관심을 가지고 응원하는 태도를 갖는 것이다.
   ① 짐작할 수 있도록   ② 매진할 수 있도록   ③ 다각화할 수 있도록   ④ 사로잡을 수 있도록

3. 그룹 여자친구(GFRIEND)의 (   ) 해체 소식에 충격을 받은 팬들은 SNS에서 집단 해시태그로 아쉬움과 기획사에 대한 분노를 표출했다.
   ① 갑작스러운   ② 참신한   ③ 비교적   ④ 다각화하는

4. 아이돌 그룹의 유닛 활동은 멤버들의 숨겨진 매력을 드러내고, 새로운 음악적 색깔을 선보이며 팬심을 (   ) 전략으로 떠올랐다.
   ① 탈피하는   ② 사로잡는   ③ 참신한   ④ 매진하는

5. 이엑스아이디(EXID)와 베스티(BESTie)의 멤버였던 강혜연은 트로트 가수로 솔로 활동을 펼치며 기존의 아이돌 이미지를 완전히 (   ) 데 성공했다.
   ① 사로잡는   ② 짐작하는   ③ 매진하는   ④ 탈피하는

B. 請用前面學習的文法「V고 말았다」完成句子。

1. 트로트의 전설 송대관은 몸 상태에 이상을 느껴 응급실을 찾았지만 끝내 회복하지 못한 채 심장마비로 _____ . (눈을 감다)

2. 투모로우바이투게더(TOMORROW X TOGETHER) 멤버 휴닝카이(HUENINGKAI)와 일본 아이돌 그룹 스노우맨(Snow Man)의 와타나베 쇼타가 함께 선보인 무대에 대해 한 일본 매체는 "기획은 화려했지만 실력 차이가 _____"고 평가했다. (노출되다)

實戰練習解答 A. 1.① 2.② 3.① 4.② 5.④
B. 1. 눈을 감고 말았다
   2. 노출되고 말았다

NCT 道英 엔시티 도영

與粉絲的感人互動逼哭網友

細膩溫暖的個性 粉絲心目中的避風港

NCT 是 SM 娛樂在 2016 年推出的大型男團，現在成員人數共有 25 位。其中率先以「NCT U」小分隊亮相、現為「NCT 127」與「NCT DOJAEJUNG」一員的道英，以堅強的歌唱實力與無害可愛的外表受到喜愛。

個性細膩且溫暖的道英，不只相當照顧成員們，對 NCTzen (粉絲名) 也是非常用心，相當注重與粉絲之間的互動與交流，雖然不是走令人心動的「男友風」，卻是一個能夠傾訴、給予安慰的對象，這也是粉絲喜歡他的理由。

粉絲：「我的夢想是為了道英設定」

2024 年，道英曾出演網路綜藝節目《今天也辛苦了》，此節目邀請藝人驚喜拜訪自己的粉絲，聆聽他們的故事並給予鼓勵，是一檔相當溫馨感人的綜藝節目。道英登場的這集拜訪了一位名為 Hyeonseo 的粉絲，Hyeonseo 從小學習畫畫，但在喜歡上道英後，得知道英認為可以透過角色經歷各種情緒，所以喜歡演戲，加上現在「漫改劇」是趨勢，因此要是自己的網路漫畫翻拍成電視劇，為他鋪好路，並讓道英飾演男主角。為此 Hyeonseo 決定放棄考取大學，一心一意追求夢想，成為網路漫畫家。道英聽到後相當驚訝感動，並說會為了 Hyeonseo 的夢想應援。

「明天絕對會更幸福的」 道英與粉絲雙向奔赴的真心

在節目的中後段，道英給 Hyeonseo 試聽當時尚未公開的新歌，Hyeonseo 表示「真的很喜歡」、「一定會紅」、「根本是音源榜冠軍」，溫暖的氛圍相當美好。原本以為很溫馨地結束晚餐後，沒想到 Hyeonseo 在道英離開後爆哭。因為在喜歡的偶像面前，很多話到了嘴邊卻說不出口，等到他離開後覺得很難過因此眼淚爆發。

已經離開的道英在外面看到此景馬上折返，最後 Hyeonseo 向道英說：「明天絕對會更幸福的。」講出了剛才說不出口的話，讓道英也忍不住淚水。真情流露的一幕讓觀眾也跟著濕了眼眶，粉絲與偶像之間互相應援、給予彼此力量的模樣是如此美好。

閱讀文章

감동적인 팬 소통으로 네티즌 울렸다

섬세하고 따뜻한 성격…팬들, "내 마음의 안식처[1]"

2016년 SM엔터테인먼트에서 나온 대형 보이그룹 NCT는 현재 25명의 멤버로 이루어져 있다. 그중 'NCT U'는 유닛으로 먼저 선보였고 현재 'NCT 127'과 'NCT 도재정'의 일원인 도영은 탄탄한 가창력과 티없이 귀여운 외모로 사랑을 받고 있다.

성격이 섬세하고 따뜻한 도영은 멤버들을 상당히 잘 챙길 뿐만 아니라 팬덤 엔시티즌(NCTzen)에게도 마음을 아주 잘 쓰는데, 그는 팬들과의 상호 활동과 교류도 대단히 중요시한다[2]. 그는 가슴 설레게 하는 '남자 친구 스타일'은 아니지만 모든 걸 다 털어놓고[3] 위로 받을 수 있는 대상이다. 이 또한 팬들이 그를 좋아하는 이유이기도 하다.

팬, "제 꿈은 도영을 위해 정했어요"

2024년 도영은 인터넷 예능 프로그램 '수고했어 오늘도'에 출연했다. 이 프로그램은 연예인이 자기 팬을 깜짝 방문해 그들의 이야기를 경청하고[4] 격려해 주는데, 굉장히 따뜻한 감동을 주는 예능 프로그램이다. 도영이 출연한 에피소드[5]에서는 현서라는 팬을 찾아갔다. 어릴 때부터 그림을 배워 온 현서는 "도영을 좋아하기 시작한 뒤 도영이 연기를 하면 캐릭터를 통해 감정을 다양하게 느낄 수 있어서 연기를 좋아한다는 사실을 알게 됐는데, 요즘 웹툰이 드라마화가 되는 추세[6]라서 자신의 웹툰이 드라마가 되면 그 판을 깔아주고자 도영을 남자 주인공으로 캐스팅하고[7] 싶다"고 했다. 현서는 이를 위해 대학 진학을 포기하고 오로지 꿈을 쫓아 웹툰 작가가 되기로 결심했다고 했다. 이를 들은 도영은 상당히 놀라 감격하면서 "현서의 꿈을 위해 응원하겠다"고 말했다.

"내일은 반드시 더 행복할 거예요"…도영과 팬의 서로를 향한 진심

프로그램 중후반, 도영은 현서에게 그때 발표하지 않은 신곡을 미리 들려 주자 현서는 "진짜 좋아요", "진짜 대박 날 거예요", "그냥 차트 1위"라고 말했다. 이러한 훈훈한 분위기는 상당히 아름답다. 원래는 정답게 저녁 식사를 마치는 것 같았지만 뜻밖에도 현서는 도영이 떠나자 울음을 터뜨렸다[8]. 현서는 좋아하는 아이돌 앞에서 하고 싶은 말이 많았지만 그걸 입 밖에 내지 못했기 때문에 도영이 자리를 뜬 뒤에 이르러 속상해서 펑펑 울었던 것이었다.

이미 자리를 뜬 도영은 밖에서 이 광경을 **목격하고는**[9] 곧바로 되돌아왔다. (   ) 현서는 도영을 향해 "내일은 반드시 행복할 거예요"라고 하지 못한 말을 하자 도영은 눈물을 참지 못했다. 진심이 **우러나오는**[10] 이 장면은 보는 사람들로 하여금 눈시울을 적셨다. 팬과 우상은 서로를 응원하며 힘을 주는 모습은 이처럼 아름답기 그지없다.

閱讀測驗

1. 위 글에서 (   ) 부분과 바꾸어 쓸 수 있는 것을 고르십시오.

① 이와 같이   ② 처음으로   ③ 끝으로   ④ 그럼에도

2. 위 글에서 밑줄 친 부분에 나타난 '현서'의 심정으로 알맞은 것을 고르십시오.

① 당황스럽다   ② 의심스럽다   ③ 자랑스럽다   ④ 감격스럽다

3. 위 글의 내용과 일치하는 것을 고르십시오.

① 도영은 보이 그룹 엔시티에서 차지하는 비중이 굉장히 크기 때문에 솔로로도 활동 중이다.
② 도영의 여성 팬은 도영을 위해 꿈을 정했고, 그 꿈에 도영이를 출연시키고 싶어한다.
③ 도영은 여성 팬에게 내일은 행복할 거라는 말을 하며 마지막 인사를 했다.
④ 도영은 가슴 설레게 하는 '남자 친구 스타일'이 아니라서 남성 팬들이 더 많다.

閱讀測驗解答   1. ③   2. ④   3. ②

韓檢必備單字

① 안식처(安息處)：避風港

詞性：名詞	同義詞：피난처 , 보금자리

例句 요즘 아이돌은 불안과 걱정을 털어놓고 위로 받을 수 있는 마음의 **안식처**와 같은 존재가 되고자 팬들과의 소통을 강화하려는 경향이 있다.
最近偶像為了成為能讓粉絲傾訴不安和煩惱，並獲得安慰的心靈避風港，有加強和粉絲交流的傾向。

② 중요시(重要視)하다：注重、重視

詞性：動詞	同義詞：중시하다 , 우선시하다

例句 한 여론 조사에서 응답자들은 한국 대표 가수라면 가창력과 음악성, 올바른 인성과 품행, 사회적 책임 등을 **중요시해야** 한다고 답했다.
在一項民意調查中，受訪者表示如果是韓國的代表歌手，就應該重視唱功和音樂性、端正的人品和行為、社會責任等。

③ 털어놓다：傾吐；傾倒

詞性：動詞	同義詞：고백하다 , 말하다 , 이야기하다	反義詞：숨기다

例句 3년 만에 완전체로 모인 갓세븐은 유튜브 방송에서 데뷔 11년 에피소드를 **털어놓으며** 다채로운 매력을 선보였다.
GOT7 時隔 3 年以完整體聚在一起，在 YouTube 節目中講述出道 11 年的趣事，展現了多元的魅力。

④ 경청(傾聽)하다：聆聽

詞性：動詞	同義詞：듣다 , 귀담아듣다 , 새겨듣다

例句 팬덤 비즈니스에서는 팬들의 의견을 **경청하고**, 대등한 입장에서 양방향으로 소통하는 것이 매우 중요해졌다.
在粉絲經濟＊中，聆聽粉絲們的意見，站在對等的立場上雙向交流變得非常重要。
＊編按：粉絲經濟為透過經營粉絲群體，將其忠誠度與情感投入轉化為消費的商業模式。

⑤ 에피소드：插曲、趣聞

詞性：名詞	同義詞：이야기 , 일화 , 삽화

例句 많은 가수들은 신곡을 발표한 뒤 녹음 당시에 있었던 **에피소드**를 공개하며 홍보하기도 한다.
許多歌手在發表新歌後，會公開錄音時發生的小插曲來進行宣傳。

⑥ 추세(趨勢)：趨勢

詞性：名詞	同義詞：경향

例句 시각적 즐거움을 선사하는 뮤직비디오는 노래 하나에 여러 가지 버전으로 제작되는 **추세**이다.
給人帶來視覺享受的 MV，目前有將一首歌曲製作成多種版本的趨勢。

⑦ 캐스팅하다：選角

詞性：動詞

例句 1세대 걸 그룹 쥬얼리의 멤버 서인영은 회사가 자신을 길거리에서 **캐스팅해** 일주일만에 데뷔했다며 데뷔 에피소드를 공개했다.
1 代女團 Jewelry 成員徐寅永公開了自己的出道故事，他說公司在街頭選中了自己，僅用一週就出道了。

⑧ **터뜨리다：爆發**

詞性：動詞	同義詞：터트리다, 드러내다, 찢다, 일으키다

例句　가수들은 종종 무대 위에서 노래를 하다가 감정에 북받쳐 울음을 **터뜨리기도** 한다.
　　　歌手們在舞台上唱歌時，不時會因情緒激動而爆發眼淚。

⑨ **목격(目擊)하다：目睹**

詞性：動詞	同義詞：목도하다, 목견하다

例句　가수 토니는 H.O.T.로 한창 활동하던 시절 비 오는 날에 H.O.T. 팬들과 젝스키스 팬들이 싸우는 모습을 직접 **목격했다고** 말했다.
　　　歌手 Tony 表示，自己在 H.O.T. 活躍的時期，曾親眼目睹 H.O.T. 粉絲和水晶男孩粉絲在雨天吵架的樣子。

⑩ **우러나오다：流露**

詞性：動詞	同義詞：우러나다

例句　방송인 김숙은 직접 덕질을 해 보면서 팬들의 진심을 이해하게 됐다며 "팬들은 진심이 **우러나오면** 가족처럼 얘기 한다"고 밝혔다.
　　　藝人金淑表示自己在親自嘗試追星後，理解了粉絲們的真心，並說：「當粉絲們真情流露時，會像家人一樣說話。」

延伸單字

섬세하다 細膩　　**유닛** 小分隊　　**티없다** 無害、天真無邪　　**대단히** 相當　　**깔아주다** 鋪設
정답다 溫馨　　**뜻밖** 沒想到、不料　　**펑펑** 液體嘩嘩流出貌　　**눈시울** 眼眶　　**적시다** 弄濕

文法　A기 그지없다　🎧 59

說明

어떤 상황이나 상태가 말로 할 수 없을 정도로 끝이 없이 상당히 크다는 표현이다.
表示某種情況或狀態深刻到無法言喻，程度極高。

例句

① 1세대 남성 듀오 클론의 멤버 구준엽과 강원래는 고등학교 때 같은 반 친구로 지금까지의 우정은 **돈독하기 그지없다**.
　1代男子雙人組合酷龍 (CLON) 的成員具俊曄和姜元來是高中同班同學，兩人的友誼一直持續至今，深厚無比。

② 내가 좋아하는 연예인에 대한 악성 게시물과 댓글은 나를 **당황스럽기 그지없게** 만들었다.
　針對我喜歡的藝人的惡意貼文和留言，讓我非常驚慌失措。

實戰練習

A. 請選填正確的單字。

1. 진심에서 우러나온 덕질은 덕후들이 마음의 (　　) 를 찾아가는 행동이라고 봐도 돼요.
   ① 추세　　② 안식처　　③ 에피소드　　④ 중요시

2. 요즘 아이돌은 과거와 다르게 자신의 팬들의 말을 (　　) 하는 경향이 두드러진다.
   ① 선보이려고　　② 목격하려고　　③ 경청하려고　　④ 캐스팅하려고

3. 요즘 팬들의 (　　) 은/는 그들의 의견이 반영되고 있다는 것을 확인할 때 소속감을 느끼면서 셀럽의 활동에 더욱 적극적으로 참여하려고 한다는 것이다.
   ① 추세　　② 에피소드　　③ 안식처　　④ 목격

4. 그룹 인피니트(INFINITE)는 팀 내 안무에 탁월한 실력을 갖고 있는 호야(HOYA)조차도 '칼군무' 무대를 위해 피나는 노력을 했다고 (　　).
   ① 경청했다　　② 목격했다　　③ 털어놨다　　④ 터뜨렸다

5. 과거 샤이니(SHINee) 종현은 대만 팬미팅에서 대만 팬들이 '지켜 줄거야'라는 플래카드를 들고 "힘내"라는 응원의 메시지를 감정을 참지 못하고 울음을 (　　).
   ① 캐스팅했다　　② 우러나왔다　　③ 목격했다　　④ 터뜨렸다

B. 請用前面學習的文法「A기 그지없다」完成句子。

1. 슈퍼주니어(Super Junior)는 SM엔터테인먼트 소속 아티스트 최초로 정규 11집 앨범을 발표하는 자리에서 ＿＿＿＿＿＿＿＿＿＿＿＿ 입장을 밝혔다. (감격스럽다)

2. 드라마 '오징어 게임2'에 출연한 가수 겸 배우 탑(T.O.P)이 11년 만의 인터뷰에서 과거 은퇴 발언을 두고 "경솔했다", "평생 죄송한 마음으로 살아가겠다"며 ＿＿＿＿＿＿＿＿＿＿＿＿ 태도를 보였다. (후회스럽다)

實戰練習解答　A. 1.② 2.③ 3.① 4.③ 5.④
B. 1. 감격스럽기 그지없다는
    2. 후회스럽기 그지없다는

TXT 秀彬 투바투 수빈

從粉絲變成偶像 不變的是溫暖的心

調皮毒舌形象下 有著比誰都愛粉絲的心

男團 TOMORROW X TOGETHER (以下稱 TXT) 的隊長秀彬，高挑帥氣、溫柔的形象卻有著毒舌腹黑的性格，如此反差萌讓他收穫高人氣。別看秀彬好像個性調皮，但他對 MOA (粉絲名) 卻愛護有加，不僅時常展現對 MOA 的愛，更在忙碌的回歸期間，親手與姊姊一同烤餅乾，只為感謝來到音樂節目現場的粉絲，如此貼心又有誠意的舉動讓 MOA 們感動不已，更在各大論壇迅速傳開。

KARA 知名「成粉」 暖心故事感動眾人

除了偶像的身分外，秀彬也是知名的 KARA 粉絲。從小就入坑 KARA 的秀彬，曾公開表示自己是因為 KARA 才有了想成為偶像的夢想，在成名後見證 KARA 重組更與他們合照，是演藝圈知名「成粉」(意指成功的粉絲)。

先前秀彬曾在 YouTube 節目上談喜歡 KARA 的心路歷程，更曝光一段故事。當時已經是練習生的秀彬，抱著「未來會不會有可能被記得呢？」的想法，在出道前想去參加 KARA 的線下活動。由於 KARA 出道的早，粉絲大多為「叔叔粉」，年紀都比秀彬大不少。

當時年紀還小的秀彬，身上除了專輯之外什麼都沒有，現場的叔叔粉看到之後，就主動給他年曆、手燈、手幅等周邊，而得知秀彬的練習生身分後，叔叔粉們就說：「既然我們今天如此照顧你，如果你之後真的出道了，一定要在節目上提起 KARA、宣傳 KARA，讓他們不要被忘記好嗎？」

為了這個約定，秀彬出道後主動曝光自己是「KARA 狂粉」的事情，更在 KARA 宣布重組時馬上發文宣傳，此故事不僅感動了在場的 KARA 隊長奎利，更引起所有追星族的共鳴。

出道 5 年不斷奔跑 狀況不好短暫休息

2019 年正式出道的 TXT，5 年間不斷努力活動，成為風靡全亞洲的偶像團體。不過秀彬卻在過度繁忙的行程中倒下，所屬公司宣布秀彬因為健康不佳暫停活動，秀彬也透過手寫信向粉絲致歉，並承諾會盡快以更好的面貌回到大家身邊。在休息一陣子後，秀彬宣布歸隊，也透露自己有好好充電，未來會努力呈現更好的一面。

팬에서 아이돌이 된 수빈…한결같이 따뜻한 마음

개구쟁이 이미지의 수빈, 팬 사랑은 누구보다 강해

보이 그룹 투모로우바이투게더 (이하 투바투) 리더 수빈은 키가 크고 훤칠하고 유순한 이미지와는 달리 상대방에게 무안을 주는 독설을 즐겨 하는 **경향**[1]이 있는데, 이런 반전 매력 덕분에 그는 큰 인기를 얻었다. 수빈은 장난기 많은 개구쟁이 같지만 투바투 팬덤 모아(MOA)에게만큼은 뜨거운 관심과 사랑을 드러낸다. 그는 모아에 대한 애정을 자주 표현할 뿐만 아니라 바쁜 컴백 기간에는 음악 프로그램에 온 모아에게 고마운 마음을 전하고자 누나와 함께 쿠키를 직접 **굽기도**[2] 했다. 이러한 **배려**[3]와 진심이 담긴 그의 행동에 모아는 깊이 감동했다. 이 소식은 이내 주요 인터넷 토론 사이트를 통해 급속도로 **퍼졌다**[4].

카라의 유명 '찐 팬', 훈훈한 이야기로 팬심 울려

아이돌 수빈은 걸 그룹 카라(KARA)의 유명한 팬으로도 잘 알려져 있다. 어릴 때부터 카라의 열혈 팬이었던 그는 공개 석상에서 카라 덕분에 아이돌이 되는 꿈을 갖게 됐다고 밝혔다. 아이돌이 되어 유명해진 그는 카라의 재결합을 지켜보며 함께 사진을 찍기도 했다. 그는 연예계에서 '성덕'(성공한 덕후)으로 널리 알려졌다.

앞서 수빈은 유튜브 프로그램을 통해 카라에 흠뻑 **빠진**[5] 과정과 사연을 공개했다. 수빈은 연습생 시절 '미래에 카라 선배님께서 날 **알아보실**[6] 수 있지 않을까?'라는 생각에 데뷔 전부터 카라의 오프라인 활동에 참여하고 싶었다고 말했다. 일찍 데뷔한 카라는 팬 대부분이 수빈보다 나이가 훨씬 많은 '삼촌팬'으로 **이루어졌다**[7].

당시 나이가 어린 수빈은 카라 앨범 말고는 갖고 있는 것이 아무것도 없었는데, 현장에서 이를 본 삼촌팬들은 달력, 응원봉, 슬로건 등을 줬다. 수빈이 연습생 신분임을 알게 된 후에 삼촌팬들은 "오늘 우리가 이렇게 다 챙겨주고 했으니까 너가 만약에 데뷔를 하게 되면은, 꼭…어디 방송 나가고 하면은 카라 누나들 얘기하면서 잊히지 않게 계속 꺼내 주고 홍보해 주고 너가 계속 언급해 줘야 돼?"라고 말했다.

그렇게 수빈은 이러한 약속을 지키기 위해 데뷔 후 자발적으로 자신이 카라의 '찐 팬'임을 밝혔고, 카라가 재결합을 발표하자 이를 홍보하는 글까지 올렸다. 이는 현장에 있던 카라의 리더 규리를 **감동시키고**[8] 스타를 쫓는 모든 덕후들의 심금을 울렸다.

데뷔 후 5년 내내 달리던 수빈, 컨디션 난조로 잠시 휴식기

2019년 정식 데뷔한 투바투는 지난 5년간 쉴 새 없이 활동하며 아시아 전역에서 선풍적인 인기를 끄는 아이돌 그룹이 됐다. (　　) 수빈은 과도한 스케줄로 인해 **쓰러졌다**[9]. 그러자 소속사는 수빈의 건강이 <u>나빠진 탓에</u> 활동을 잠정 중단한다고 밝혔다. 수빈 또한 자필 편지를 통해 팬들에게 **사과하는**[10] 한편 빠른 시일 내에 더 좋은 모습으로 팬들 앞에 돌아오겠다고 약속했다. 어느 정도의 휴식을 취한 수빈은 팀으로의 복귀를 알리면서 재충전의 시간을 충분히 가졌다며 미래에 더 나은 모습을 보여 주기 위해 노력할 것이라고 말했다.

閱讀測驗

1. 위 글의 (　　)에 들어갈 알맞은 것을 고르십시오.

① 그러나　② 그래서　③ 그러므로　④ 그럼에도 불구하고

2. 위 글에서 밑줄 친 부분에 나타난 '수빈'의 심정으로 알맞은 것을 고르십시오.

① 감격스럽다　② 자랑스럽다　③ 후회스럽다　④ 아쉽다

3. 위 글의 내용과 같은 것을 고르십시오.

① 수빈은 자신이 카라 팬이기 때문에 자신의 팬들도 카라 팬이나 마찬가지라고 말했다.
② 투바투는 데뷔 이래 쉬지 않고 활동해 인기 그룹으로 자리 잡았다.
③ 수빈은 카라의 삼촌팬들에게 카라 굿즈를 달라고 요구했다.
④ 투바투 멤버들은 모두 카라의 성공한 덕후 출신으로 알려졌다.

閱讀測驗解答　1. ①　2. ④　3. ②

韓檢必備單字

① 경향(傾向)：傾向

詞性：名詞	同義詞：추세 , 흐름

例句 외국인들은 케이팝 앨범에 포함된 포토 카드나 스티커 같은 랜덤 굿즈를 얻거나 주변에 선물하기 위해 대량으로 구매하는 경향이 있다.
外國人為了獲得 K-pop 專輯附贈的小卡或貼紙等隨機物，或是為了送給身邊的人，有大量購買的傾向。

② 굽다：烤

詞性：動詞	同義詞：익히다

例句 한 여론 조사에서 가수 임영웅이 크리스마스 쿠키를 함께 굽고 싶은 남자 트로트 가수 1위에 올랐다고 한다.
在一項民意調查中，歌手林英雄被選為最想要一起烤聖誕餅乾的男性 Trot 歌手第 1 名。

③ 배려(配慮)：貼心、關懷

詞性：名詞	同義詞：보살핌 , 돌봄	反義詞：무배려

例句 그룹 아이브의 장원영은 "내가 가끔 개인적인 시간을 보내고 있을 때 난 태어나서 처음 보는 사람이 내게 핸드폰이나 카메라부터 밀어붙이면 난 조금 당황스러워"라며 "다정하고 조금 날 배려해 주면 난 너무너무 고마울 거야"라고 팬들의 배려를 부탁했다.
IVE 成員張員瑛表示：「偶爾我在度過私人時間時，遇到陌生人二話不說就將手機或相機對著我，我會有點慌張」，並說「如果大家能夠溫柔一點，並稍微體諒我的話，我會非常非常感激的」請求粉絲們的關照。

④ 퍼지다：傳開

詞性：動詞	同義詞：유포되다 , 전파되다 , 확산되다

例句 가수 이효리는 사생활 침해로 인해 서울로 이사했다는 소문이 퍼졌지만, 소속사는 사실이 아니라고 밝혔다.
歌手李孝利因隱私受到侵犯而移居首爾的消息傳開，但所屬經紀公司表示並非事實。

⑤ 빠지다：陷入

詞性：動詞	同義詞：반하다 , 미치다

例句 최근 해외 언론들은 살사 댄스의 본고장인 쿠바까지 케이팝의 매력에 푹 빠졌다고 전했다.
最近有外媒報導表示，連莎莎舞的發源地古巴，也深陷在 K-pop 的魅力之中。

⑥ 알아보다：認出來

詞性：動詞	同義詞：기억하다 , 식별하다 , 알아채다	反義詞：몰라보다

例句 웹 예능 프로그램에서 트와이스 다현은 '공부하는 대학생' 콘셉트로 제작진에게 다가가자 제작진은 "못 알아봤다. 대학생인 줄 알았다"며 놀란 모습을 보였다.
在網路綜藝節目中，TWICE 多賢裝扮成「用功的大學生」接近製作團隊，製作團隊一臉驚訝地表示「沒認出來，還以為是真的大學生」。

⑦ 이루어지다：組成

詞性：動詞	同義詞：구성되다 , 실현되다	反義詞：해체되다 , 분해되다

例句　클론은 구준엽, 강원래로 **이루어진** 남성 2인조 댄스 그룹으로 1990년대 후반 한국 가요계를 휩쓸었다.
　　　酷龍是由具俊曄、姜元來組成的雙人男子舞蹈團體，在 1990 年代後期席捲韓國歌壇。

⑧ 감동(感動)시키다：感動、打動

詞性：動詞	反義詞：실망시키다

例句　김준수는 전석을 모두 매진시킨 일본 콘서트에서 뮤지컬과 발라드를 콘셉트로 무대를 장악해 팬들을 **감동시켰다**.
　　　金俊秀在全席售罄的日本演唱會上，以音樂劇和抒情歌為概念掌控整個舞台，打動了粉絲。

⑨ 쓰러지다：倒下

詞性：動詞	反義詞：일어나다

例句　한국 연예인들은 무리한 스케줄로 인해 과로로 **쓰러져** 병원에 입원하는 경우가 많다.
　　　韓國藝人經常因過於勉強的行程而累倒住院。

⑩ 사과(謝過)하다：道歉

詞性：動詞	同義詞：빌다 , 사죄하다

例句　병역 기피 논란을 빚은 가수가 데뷔 28주년을 맞아 "짧게 활동한 5년 그리고 여러분과 떨어져 지낸 23년이 너무 길고 아쉽다"며 팬들에게 **사과했다**.
　　　因為逃避兵役而引發爭議的歌手，在出道滿 28 週年之際向粉絲道歉，表示：「短短活動了 5 年卻和大家分開了 23 年，實在太久也非常遺憾。」

| 延伸單字 |

한결같이　不變、始終如一　　개구쟁이　調皮鬼　　훤칠하다　高挑　　무안을 주다　給人難堪　　독설　毒舌
토론 사이트　論壇　　심금을 울리다　引起共鳴　　쉴 새 없이　不停地　　잠정　暫時　　자필　手寫、親筆

文法　V은/ㄴ 탓에 🎧 62

說明

원인과 결과를 나타내는 'V은/ㄴ 탓에'는 'V았/었기 때문에'로 바꿔 쓸 수 있다. V는 이미 발생한 잘못된 일이나 부정적 현상을 말하며 '탓'은 원인을 뜻한다.

表示因果關係的「V은/ㄴ 탓에」，可以用「V았/었기 때문에」取代。V 是指已經發生的錯誤事情或負面現象，而「탓」則是指原因。

例句

① 그 가수는 팬들의 시선을 과도하게 **의식한 탓에** 무대에서 그만 실수를 해버렸다.
　　那名歌手因為過度在意粉絲們的眼光，所以在舞台上出錯了。

② 그 가수는 요즘 **살찐 탓에** 맞는 옷이 없어서 걱정이 이만저만이 아니라고 말했다.
　　那名歌手表示最近變胖了，沒有合適的衣服可穿，所以非常擔心。

實戰練習

A. 請選填正確的單字。

1. 한 태국 가수는 자신의 한국 공연 현장에 태국인 불법체류자들이 다수 체포된 것에 대해 (　　).
   ① 쓰러졌어요　　② 이루어졌어요　　③ 알아봤어요　　④ 사과했어요

2. 한 연예인은 꾸미지 않고 생얼로 길거리에 나가면 사람들이 자신을 못 (　　) 말했다.
   ① 쓰러졌다고　　② 알아본다고　　③ 빠진다고　　④ 퍼진다고

3. 가수 아이유(IU)는 한 복지 재단에서 운영하는 특수 학교에서 쓰일 노래를 위해 재능을 기부해 많은 이들을 (　　).
   ① 감동시켰어요　　② 쓰러졌어요　　③ 알아봤어요　　④ 구웠어요

4. 가수 지드래곤(G-DRAGON)이 전 소속사의 (　　) '지드래곤', '지디' 등에 대한 상표권을 대가 없이 받았다.
   ① 감동시키기로　　② 경향으로　　③ 배려로　　④ 알아보기로

5. 오디션 프로그램에서 134만 명의 경쟁자를 누르고 가수로 데뷔한 허각(Huh Gak)은 "포기하지 않으니 꿈이 (　　)"고 말했다.
   ① 사과했다　　② 감동시켰다　　③ 알아봤다　　④ 이루어졌다

B. 請用前面學習的文法「V은/ㄴ 탓에」完成句子。

1. 가수 강다니엘은 건강이 ＿＿＿＿＿＿ 당분간 활동을 중단한다고 밝혔다. (악화되다)
2. 가수 김호중은 음주 운전에 뺑소니 사고를 ＿＿＿＿＿＿ 향후 모든 공연이 무산되면서 위기를 맞았다. (내다)

實戰練習解答　A. 1.④ 2.② 3.① 4.③ 5.④
B. 1. 악화된 탓에
　　2. 낸 탓에

PLAVE 플레이브

螢幕不是隔閡 而是連結虛擬和現實的橋樑

席捲 K-pop 界的「PLAVE」旋風

近期在 K-pop 界獲受喜愛的虛擬偶像團體 PLAVE，由諾亞、藝俊、斑比、銀虎以及河玟 5 位成員組成。PLAVE 打破過往偶像以實體出現的既有模式，透過 3D 模組技術打造虛擬角色的外貌。背後穿戴動態捕捉設備的「中之人」，則將其動作數據應用到虛擬角色上，呈現角色真實活動的樣貌。

而 PLAVE 除了因為虛擬偶像身分成為話題，成員本身也多才多藝，不僅包辦詞曲創作、編舞，連搞笑都很在行，無窮的魅力也讓他們短時間內吸引大量關注，不僅音源、專輯成績表現亮眼，更入圍各大頒獎典禮的新人獎，是目前最受矚目的「5 代男團」之一。

虛擬偶像不值得喜歡？親筆信感動眾人

雖然 PLAVE 已經累積許多粉絲，也逐漸被大眾認識，但在出道前期，由於許多人對「虛擬偶像」的概念沒有充分了解，容易對此疑惑，甚至帶有偏見。先前成員藝俊在直播唸自己寫給 PLLI（粉絲名）的一封信，提到在虛擬偶像這個環境裡，粉絲可能會承受不好的眼光跟話語，為了戰勝這些情況，除了更加努力練習、繼續前進之外沒有別的辦法了，相信總有一天會有更多人看好 PLAVE。藝俊最後也補充：「就像你們一直在風雨中守護我們一樣，以後換我們守護你們。」一番真情告白感動無數粉絲，也讓人感受到偶像與粉絲雙向奔赴的愛。

PLAVE 有目共睹的成長 充滿無限可能的未來

為了讓粉絲能自信說出自己偶像的名字，偶像會不斷努力，這種正向的意念，鼓舞彼此前進與成長。PLAVE 透過不懈的努力，他們的才華和魅力被大眾看見，歌曲登上韓國音源網站 Melon Top100 榜首，專輯銷量也大幅成長。人氣水漲船高的 PLAVE 已成為新生代男團代表之一，而 PLAVE 的成功絕對並非偶然，新穎的概念、成員們的努力以及粉絲的支持缺一不可，期待接下來 PLAVE 能帶給大眾更多驚喜。

閱讀文章 🎧 63

스크린은 장벽[1]이 아닌 가상[2]과 현실을 잇는 교량

케이팝계를 휩쓴 '플레이브'의 센세이션

최근 들어 케이팝계에서 큰 사랑을 받고 있는 가상 아이돌 그룹 플레이브는 노아, 예준, 밤비, 은호, 하민 등 5명의 멤버로 구성되어 있다. 플레이브는 아이돌이 실제로 출현하는 기존의 방식을 깨고 3D 모델링 기술을 통해 가상 캐릭터의 모습으로 만들어졌다. 그 뒤에는 모션 캡처 장비[3]를 착용한 '안의 사람'의 동작 데이터가 가상 캐릭터에 적용되면서 캐릭터가 실제로 움직이는[4] 모습을 표현했다.

플레이브는 가상 아이돌이라는 신분으로 화제가 됐을 뿐만 아니라 멤버들은 작사, 작곡, 안무는 물론 능숙한 개그에 이르기까지 다재다능함[5]을 선보였다. 그들은 무궁무진한[6] 매력으로 단기간에 걸쳐 엄청난 주목을 받으면서 음원과 앨범은 좋은 성과를 거두었을 뿐만 아니라 주요 시상식에서 신인상 후보에 오르며 현재 가장 주목받는 '5세대 보이 그룹' 중의 하나가 됐다.

가상 아이돌은 좋아할 가치가 없다? 손편지로 대중에게 감동 선사해

이미 많은 팬들을 보유한 플레이브는 대중들에게 점점 더 알려지고 있다. 그러나 데뷔 초기에는 많은 사람들이 '가상 아이돌'이라는 개념에 대해 충분히 이해하지 못해 혼란스러워하거나 심지어 편견[7]을 갖는 경우도 있었다. 앞서 멤버 예준은 라이브 방송에서 팬덤 플리(PLLI)에게 직접 쓴 편지를 읽었다. 예준은 가상 아이돌이라는 환경 속에서 팬들은 좋지 못한 시선과 말들을 참아야 할 수도 있으며, 그러한 상황을 (   ) 더 열심히 연습하고 계속 전진하는 것 외에는 다른 방법이 없다면서 언젠가 더 많은 사람들이 플레이브를 좋게 볼 것이라고 믿는다고 했다. 그러면서 그는 끝으로 "지금까지 거친 파도 앞에서 저희를 지켜 주신 것처럼 앞으로는 저희가 플둥* 여러분들을 지켜 드리겠습니다"라고 덧붙였다. 이런 진심 어린 고백은 수많은 팬들에게 감동을 선사했고, 많은 이들은 아이돌과 팬 사이의 쌍방향 사랑이라고 느꼈다. (*플둥: 플레이브가 팬들을 부르는 애칭)

모두가 목도한 플레이브의 성장…무한한 가능성으로 가득 찬 미래

팬들이 자신 있게 자신의 아이돌의 이름을 말할 수 있게 하기 위해 아이돌이 부단한 노력을 이어가겠다는 이러한 긍정적인 사고는 서로 전진하고 성장할 수 있도록 고무했다[8]. 플레이브는 부단한 노력을 기울인 끝에 대중들은 그들의 재능과 매력을 알아보게 됐을뿐더러 노래는 한국 음

PLAVE 플레이브   125

원 사이트 멜론 톱 100차트에서 1위를 차지했고, 앨범 판매량도 **대폭**[9] 늘었다. 인기가 **급상승한**[10] 플레이브는 신진 세대 보이 그룹의 대표 주자 중 하나가 되었다. 결코 우연이 아닌 플레이브의 성공에는 단 하나라도 빠져서 안되는 참신한 콘셉트, 멤버들의 노력 및 팬들의 지지가 있었다. 앞으로 플레이브가 대중에게 더욱더 많은 놀라움을 가져다 주길 기대해 본다.

閱讀測驗

1. 위 글의 (　　)에 들어갈 내용으로 가장 알맞은 것을 고르십시오.

　① 이겨내기 위해서는　② 받아들이기 위해서는　③ 직면기 위해서는　④ 배려하기 위해서는

2. 위 글에서 밑줄 친 부분과 바꾸어 쓸 수 있는 것을 고르십시오.

　① 성장할 수 있는 바람에　② 성장할 수 있는 만큼　③ 성장할 수 있으면서　④ 성장할 수 있게

3. 위 글의 내용과 일치하는 것을 고르십시오.

　① 플레이브는 가상 아이돌 그룹으로 사람이 아닌 인공 지능(AI) 기술로만 탄생했다.
　② 플레이브 멤버는 손편지를 써서 팬들에게 함께 어려움을 극복하자고 밝히며 팬 사랑을 드러냈다.
　③ 플레이브가 출연한 영상을 본 사람들은 매우 혼란스럽다는 반응을 보였다.
　④ 플레이브 팬들은 플레이브의 소통 능력이 최고라고 말했다.

閱讀測驗解答　1. ①　2. ④　3. ②

韓檢必備單字

① 장벽(障壁)：隔閡

詞性：名詞	同義詞：벽 , 장애 , 장애물

例句　많은 가수들은 해외 팬들과 소통의 **장벽**을 극복하고자 시간이 날 때마다 외국어를 공부하는 것으로 알려졌다.
據悉，許多歌手為了克服與海外粉絲的交流隔閡，一有時間就會學習外語。

② 가상(假想)：虛擬

詞性：名詞	同義詞：상상 , 가정 , 가설

例句　**가상** 현실(VR) 기술이 무대에 도입되면서 관객들은 360도로 공연을 감상할 수 있게 됐고 실존 가수는 가상 무대에 설 수 있게 됐다.
隨著虛擬實境 (VR) 技術被引進舞台，觀眾可以 360 度欣賞演出，真人歌手也可以站上虛擬舞台。

③ 장비(裝備)：設備

詞性：名詞	同義詞：장치 , 설비

例句　무대에 설치된 첨단 **장비**들은 단순히 무대를 화려하게 장식하는 기능을 넘어 가상 아이돌의 콘서트도 개최할 수 있을 만큼 발달했다.
安裝在舞台上的尖端設備，其功能已經超越單純地裝飾出華麗舞台，已經發展到可以舉辦虛擬偶像演唱會的程度。

④ 움직이다：活動

詞性：動詞	同義詞：이동하다 , 변하다 , 바꾸다

例句　엑소 멤버 첸은 데뷔 7년 만에 첫 솔로 앨범을 내며 "은은하게 마음과 감정을 **움직이는** 가수가 되고 싶다"는 포부를 밝혔다.
EXO 成員 CHEN 出道 7 年後首次發行個人專輯，並表明自己的抱負是「想成為能溫柔打動人心的歌手」。

⑤ 다재다능(多才多能)하다：多才多藝

詞性：形容詞	同義詞：다능하다 , 다재하다

例句　25세의 나이로 세상을 떠난 그룹 아스트로 멤버 문빈은 어릴 때부터 모델과 배우로 활동하면서 **다재다능함**을 뽐냈다.
在 25 歲辭世的男團 ASTRO 成員文彬，從小就作為模特兒和演員活動，展現多才多藝的一面。

⑥ 무궁무진(無窮無盡)하다：無窮

詞性：形容詞	同義詞：끝없다 , 무한하다

例句　가능성이 **무궁무진한** 아이돌 그룹이 많이 데뷔하고 있는 상황이지만 그들이 가진 재능에 비해 관심을 받지 못하는 경우가 많다.
雖然有很多潛力無窮的偶像團體出道，但他們往往得不到與才華相對應的關注。

⑦ 편견(偏見)：偏見

詞性：名詞	同義詞：선입견 , 색안경

例句　보이 그룹 유키스 멤버 이준영은 "아이돌 출신 배우에 대한 **편견**을 없애는 것이 목표였다"며 "그 과정에서 더 큰 동기가 부여됐다"고 밝혔다.
男團 U-KISS 成員李濬榮說：「我的目標是消除人們對偶像出身演員的偏見。」並表示：「我在這個過程中，獲得更大動力。」

⑧ 고무(鼓舞)하다：鼓舞

詞性：動詞	同義詞：격려하다

例句　특정 가수의 팬덤은 팬들의 결속력을 높여 그 가수의 이름으로 선한 영향력을 행사하고자 노력하면서 그 가수를 고무한다.
特定歌手的粉絲群會努力提升粉絲凝聚力，並用該歌手的名義發揮善良影響力，以鼓舞該歌手。

⑨ 대폭(大幅)：大幅

詞性：副詞	同義詞：많이	反義詞：소폭

例句　한 '남자 아이돌' 인기 투표에서 플레이브 하민이 9위에서 2위로 순위가 대폭 상승해 많은 언론들의 주목을 받았다.
在某「男子偶像」人氣投票中，PLAVE 成員河玟的排名從第 9 名大幅上升至第 2 名，受到眾多媒體的關注。

⑩ 급상승(急上昇)하다：飆升

詞性：動詞	同義詞：치솟다, 솟구치다	反義詞：급강하하다

例句　지난 3일 세 번째 미니 앨범으로 컴백한 5인조 버추얼 아이돌 플레이브의 신곡은 발매 2시간 20분 만에 멜론 앨범 스트리밍 100만을 돌파했으며, 뮤직비디오는 유튜브에서 인기가 급상승한 동영상 1위에 올랐다.
本月 3 日帶著第三張迷你專輯回歸的 5 人虛擬偶像團體 PLAVE，其新歌發行僅 2 小時 20 分鐘，Melon 專輯串流播放次數便突破 100 萬次，MV 也榮登 YouTube 發燒影片第 1 名。

延伸單字

| 잇다 連結 | 모델링 模組、模型 | 능숙하다 精通 | 거두다 獲得 | 선사하다 獻上 |
| 거칠다 兇猛 | 어리다 含有 | 쌍방향 雙向 | 목도하다 目睹 | 결코 絕對 |

文法　A/V을/ㄹ뿐더러 🎧 65

說明

앞의 내용에 더하여 다른 내용도 있다는 것을 나타낼 때 사용한다.
用來表示除了前面的內容之外，還有其他內容。

例句

① 2D와 3D의 세계를 오가는 '혼합형' 아이돌 슈퍼카인드는 실제 인간 아이돌과도 **다를뿐더러** 기존 가상 아이돌과도 차이가 있다.
遊走於 2D 和 3D 世界的「混合型」偶像 SUPERKIND，不僅與真人偶像不同，與現有的虛擬偶像也有所區別。

② 아이돌 팬이 모으는 포토 카드 중에서 '반포자이* 포카'가 있는데 이는 일반인이 쉽게 입주할 수 없는 '반포자이 아파트'와 같이 쉽게 가질 수 **없을뿐더러** 가격도 그만큼 비싼 포토 카드를 의미한다.
在粉絲收集的偶像小卡中有一種「Banpo Xi 小卡」，意思是像一般人無法輕易入住的「Banpo Xi 公寓」，不僅難以取得，價格也相當昂貴。

* 編按：반포자이 (Banpo Xi) 位於瑞草區盤浦洞，是韓國江南地區代表性高級公寓之一。

實戰練習

A. 請選填正確的單字。

1. 미국 가수들에게도 진입 (　　　)이/가 매우 높은 빌보드 메인 싱글 차트 '핫 100'에 아일릿 (ILLIT)의 데뷔곡 'Magnetic'이 발매 한 달만에 91위에 올랐다.
   ① 장벽　　② 편견　　③ 장비　　④ 가상

2. 노래부터 연기까지 (　　　) 매력을 선보이는 아이돌이 쏟아져 나오고 있어 경쟁이 더욱 치열해질 전망이다.
   ① 움직이는　　② 고무하는　　③ 급상승하는　　④ 다재다능한

3. 케이팝의 본고장인 한국에서는 '아이돌은 회사에서 만들어낸 공장형 음악'이라는 (　　　)이/가 있는 편이다.
   ① 장비　　② 가상　　③ 장벽　　④ 편견

4. 많은 언론들은 세계적으로 유명한 가수들을 두고 '(　　　) 기업'이라고 부르기도 한다.
   ① 움직이는　　② 다재다능한　　③ 무궁무진한　　④ 급상승하는

5. 인공 지능 기술과 애니메이션 기술이 만들어 내는 새로운 버추얼 캐릭터 중심의 케이팝 음악은 혁신적인 모델로서 (　　　) 발전할 가능성이 있다는 것이 전문가들의 견해이다.
   ① 급상승하게　　② 무궁무진하게　　③ 움직이게　　④ 다재다능하게

B. 請用前面學習的文法「A/V을/ㄹ뿐더러」完成句子。

1. 팬들은 자신이 좋아하는 스타의 이미지를 향상시키기 위해 자발적으로 ＿＿＿＿＿ 봉사 활동에도 참여하려는 경향이 강하다. (기부하다)
2. 팬덤은 특정 연예인을 좋아하면서 즐거움과 열정을 ＿＿＿＿＿ 사회적, 경제적으로도 큰 영향력을 행사하고 있다. (공유하다)

實戰練習解答
A. 1.① 2.④ 3.④ 4.① 5.②
B. 1. 기부할뿐더러
　　2. 공유할뿐더러

本章中文撰文者簡介｜Mandy

IG 帳號「曼蒂曼曼聊」經營者，喜歡 K-pop、韓國偶像 15 年的女子，從二代團到五代團偶像都有關注，正在努力進修韓文，希望能夠介紹更多韓國偶像、文化給大家。

Part.2、3 韓文教學撰文者簡介｜柳廷燁

韓國外國語大學韓國語教師課程結業，台灣國立成功大學 IIMBA 國際經營管理所碩士。曾擔任韓聯社駐台記者，現為韓語版台灣新聞網站「現在臺灣」主要營運者和執筆人，以及首爾新聞 NOWNEWS 部駐台記者。

＊本章內容更新至 2025 年 2 月

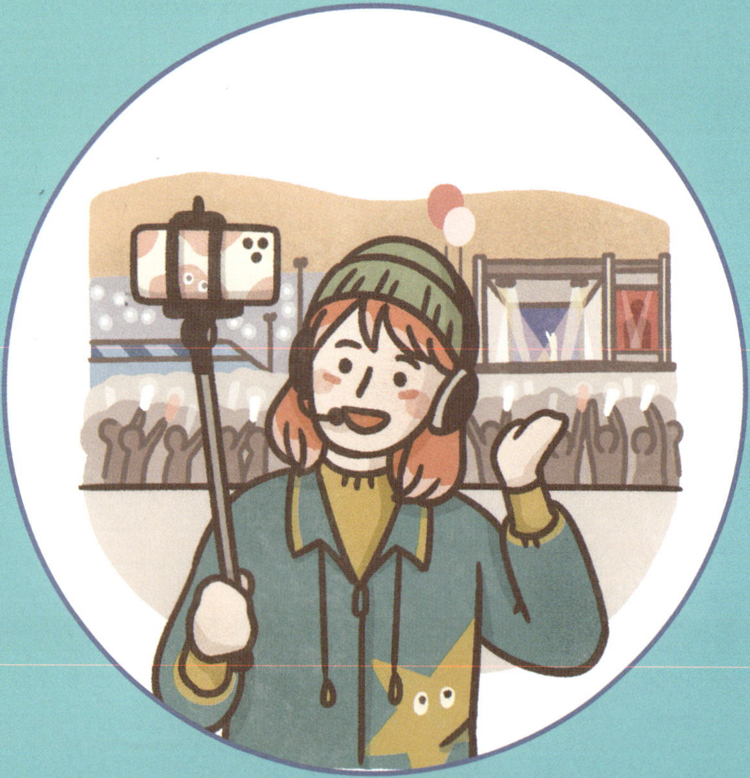

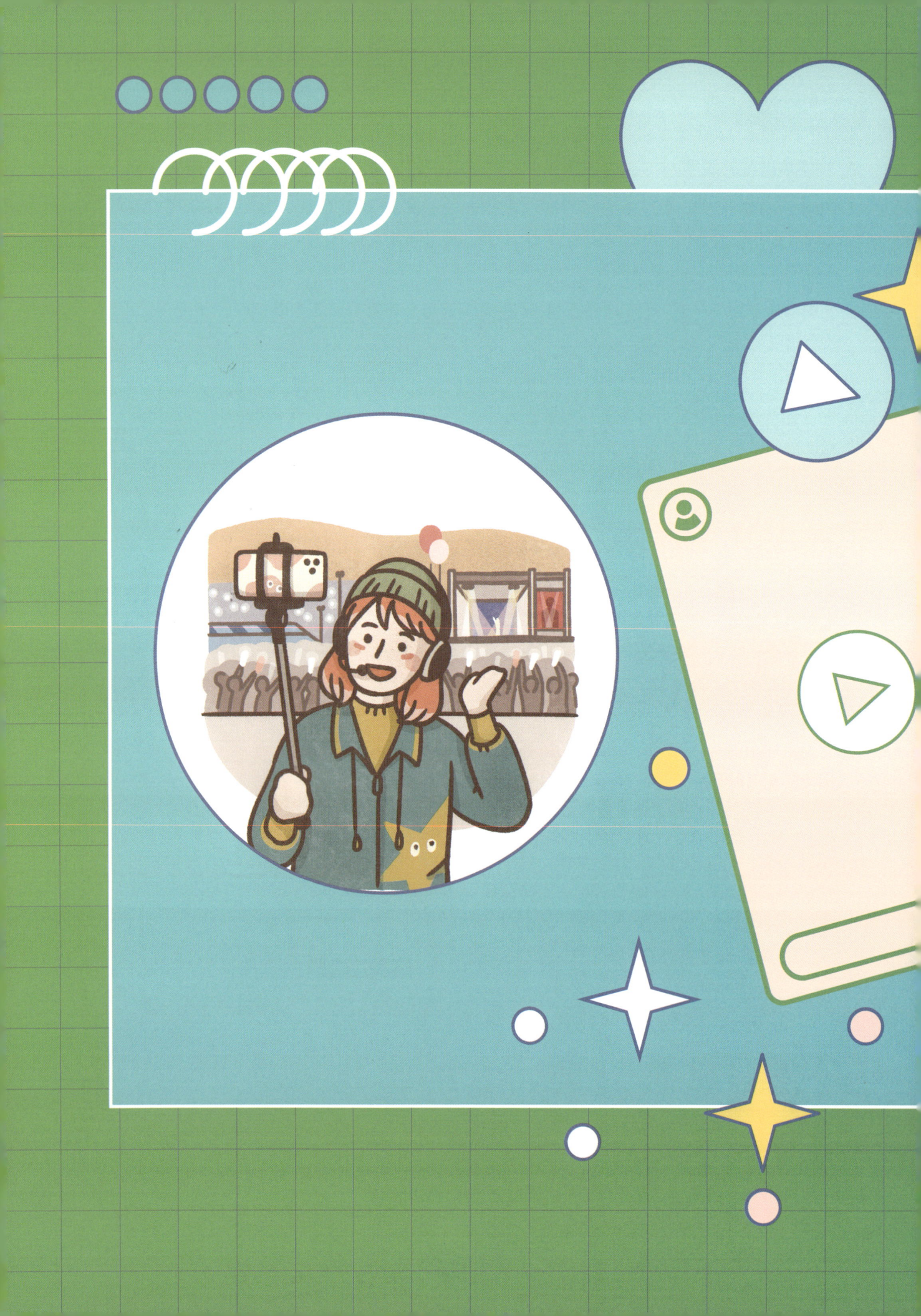

Part.4

인터뷰

Interview

療癒程度 ★★★★★

本章收錄了 2 篇 QA 專訪文章，談那些被偶像照亮的時刻，也聊如何在追星世界和現實生活中找到平衡。無論是在幕前侃侃而談的 YouTuber，還是在幕後做書的出版界迷妹，他們都是「下班追星、上線發光」的最佳示範，期盼這些故事能讓正在追星的你，感受到理解與共鳴。

偶像是指引，正能量是動力

快樂寶賤的追星哲學

採訪・文字整理／EZKorea 編輯部
攝影／weihan wang
部分照片提供／快樂寶賤

從熱愛 K-pop 的粉絲，到擁有十萬訂閱的 YouTuber，再到成為校園演唱會和粉絲見面會的主持人，寶賤將對韓流文化的熱情轉化為創作能量，在追星與分享之間找到了自己的定位。

最初因為大學課程作業開設 YouTube 頻道，獲得老師和觀眾的支持，而後 2020 年成立個人頻道「快樂寶賤」，主要分享 K-pop 大小事，更以「追星好朋友」的稱號，與觀眾建立雙向互動的關係。

如今除了經營 YouTube 頻道，寶賤更活躍於各大活動現場，見證偶像與粉絲的情感聯繫。從台下揮舞應援手幅，到站上舞台主持，他的故事不只是關於追星，更是一場正能量滿滿的成長旅程。

> 追星，不只是喜歡：
> 一場持續十多年的
> 追星旅程

寶賤從小開始追少女時代，一路追到現在

關注 K-pop 的契機
源自電視螢幕上的少女時代

大概從小學五六年級開始，剛好是 K-pop 在台灣慢慢崛起的時間。那時候印象非常深刻，有一年的金曲獎 Super Junior 有來台灣表演，看到很不一樣的表演形式，加上大型偶像團體在台上唱唱跳跳的樣子，就覺得「哇！也太有魅力了吧！」

後來我從〈Gee〉這首歌開始喜歡少女時代，還曾經站在大賣場一樓賣電視的地方待了一個多小時，只為了看螢幕輪播〈Gee〉的 MV（放聲大笑）。因為在這之前根本不認識韓國流行歌曲，當時韓國偶像也比較少來台灣發展或是宣傳，所以從那時候開始突然被 K-pop 驚豔和衝擊，就一路追到現在。

追星十幾年來首次爆 RP
難忘與石馬修視訊簽售

印象最深刻的就是去年抽中 ZEROBASEONE 成員石馬修（石友鉉）的視訊簽售，其實以前我只會買專輯，或是看 MV、看綜藝，完全不會想要和偶像有更多的互動和接觸，覺得根本是天方夜譚。結果被參加過視訊簽售的朋友大力推坑洗腦之後，就想說買個微不足道的專輯數量抽抽看，畢竟視訊簽售是要拼專輯購買數量的。

結果名單公布看到自己的名字，當下覺得超級扯，還一直無聲尖叫，不斷想著「這是我嗎！？？」後來的視訊簽售也很順利，我還穿了皮卡丘的衣服跳舞給馬修看，這應該是我追星十幾年來唯一一次爆 RP 的事件，但真的比中樂透還要開心，因為很難得有機會可以和喜歡的偶像講到話。

邊追星邊學韓文
大推觀看偶像直播影片

我現在學韓文的其中一個方式，就是一直看偶像的直播影片。尤其因為 ZEROBASEONE 的馬修是外國人，說出來的韓文單字和文法不會太艱深，語速也不會太快，所以聽他說話是我很好學習韓文的方法。馬修的韓文我大概可以理解八九成，但如果是其他韓國成員，應該只能聽得懂一半（笑）。

「最後勝利的人是善良的人」
偶像對價值觀的影響

少女時代給了我很多人生的啟

快樂寶賤的追星哲學　133

發和體悟，例如徐玄從小活得非常正直，也曾經說過「最後勝利的人是善良的人」，這句座右銘影響我很深，讓我不斷提醒自己要成為一個善良的人。

同時，我也會覺得少女時代這麼優秀，即使工作職涯中遇到這麼多困難，卻也始終不停地努力前進和突破，如今出道這麼久，每個成員都發展得很好，真的很難能可貴。所以我身為他們的粉絲，除了告訴自己要活得跟他們一樣，也把他們當作光明燈，希望自己的人生能夠以他們為目標往前邁進。

以最後決定做追星相關的主題，就有了「kkk, Kpop」，就是兩個天不怕地不怕的大學生，用什麼都敢講、什麼都敢玩的方式，遊走在 YouTube 這個江湖當中（笑）。

原本想說一個學期做完六支影片就會結束，但老師特別語重心長地跟我們說，他覺得我們的頻道很有潛力、絕對不可以停更，再加上越來越多人看我們的影片，所以就決定繼續做下去，一路做到了十萬訂閱。

拍影片除了分享
更需兼顧正確和觀感

以前不會想這麼多，結果就被罵得很慘（笑）。確實追星類型的 YouTube 頻道門檻比較低，只要有在追星、敢分享敢露臉就可以做，當然大家就會更容易放大檢視，會覺得「如果這麼簡單的工作都做不好，是不是自己也有很大的問題」，會承受比較多這種壓力。所以現在拍影片之前一定會先多方查證，可是其實當下確定資訊沒問題，幾個月後還是會有可能翻轉，所以我在影片裡也會提醒觀眾，未來的事情還不確定，我分享的是到目前為止的狀況。

> **當 K-pop 粉絲變成創作者：我的 YouTuber 與主持人生**

十萬訂閱雙人頻道
「kkk, Kpop」成創作起點

我大學是讀廣播電視學系，當時有一個新媒體課程的分組作業，是要開設 YouTube 頻道，學期結束後老師會以頻道的更新頻率、影片觀看數和訂閱人數來評分。因為我和我的夥伴很喜歡韓國明星和 K-pop，所

（上）穿著皮卡丘服裝參加視訊簽售
（中）參與太妍來台演唱會
（下）擔任幻藍小熊 FAN CONCERT 主持人

另外，我覺得說法上的差別也很重要，以前拍影片的時候，會下意識地以一種「我來跟大家講K-pop是什麼樣子」說話，但反而會讓觀眾感覺像學生一樣在聽課，所以只要有一個地方講錯，觀眾就會想要糾正。後來我就轉換方式，用「我是大家的追星好朋友」的對等關係和大家聊天交流，就比較不會帶來太大的攻擊性。找到了平衡點，我可以做喜歡的內容，觀眾看了覺得舒服，這樣的互動也變得比較正向。

**從應援者到見證者
這一刻超震撼**

我在今年年初擔任 GENBLUE 幻藍小熊 FAN CONCERT 的主持人，算是一場和粉絲見面的小型演唱會。當時讓我印象非常深刻的場景，是六位團員講話講到一半，在台上突然看見台下所有粉絲一同舉起手幅應援，雞皮疙瘩瞬間就這樣立起來！！現場還有播放粉絲做的應援影片，回顧幻藍小熊一路走來的過程，台上台下都哭成一片，當下我也很想哭，但萬一我哭了這個演唱會就沒人主持了（大笑）。

因為以往我都是那個在台下舉手幅應援的人，可是那天是以第三方的角度站在台上，加上自己很清楚幻藍小熊一直以來很努力也很辛苦，看見這麼多粉絲支持他們、為了他們努力應援，就會覺得那樣的場景很難能可貴，震撼的感受也特別明顯。

> **從界線模糊到雙向奔赴：
> 放下比較心理，
> 找回快樂追星**

**當今偶像粉絲距離
比你想得還靠近**

和以往相比，現在的粉絲會傾向追求平衡的關係，換句話說，粉絲可以成為監督的角色，也可以擁有話語權，表達自己的立場，像是告訴偶像可以做更好的地方，向經紀公司反映活動安排的狀況或問題。偶像和

快樂寶賤的追星哲學　135

粉絲之間的關係已經不像以前有一條明顯的邊界，現在的偶像也可以很接地氣、很親民，和粉絲有更多雙向的互動。

身為台灣的活動主持人，我觀察到無論校園演唱會或粉絲見面會，偶像跟粉絲之間可以說是零距離，當偶像能夠近距離和台下粉絲交流，粉絲就會看得更開心、玩得更投入。包括我自己在和觀眾互動，能被他們喜歡也會覺得非常感動和感激，但我其實只是一般人，並不會變得多高高在上。我認為這可能也是現在大部分偶像的心態，不是裝出來的人設，而是用更發自內心、更真誠的樣子，和他們的粉絲相處。

**匿名發言盛行
飯圈界線誰來劃？**

以前的網路還不發達，大部分都是自己和同學一起討論追星，後來有了臉書，粉絲就會在社團裡面找同伴，發文討論偶像的新歌或是打歌舞台。一直到匿名發文機制的出現，人們能更自由地在網路上發言，爭議類型的內容也更容易浮上檯面。以前討厭一個藝人頂多私下和朋友聊完，就僅止於此，但現在在匿名平台發表自己討厭誰，一傳遞出去就能帶起風向，造成很大的迴響。也因為這樣，在當今的追星環境，粉絲很容易因為網路上的意見影響到心情，甚至自己也會不知不覺成為造謠的人。

當然社群媒體發達也有帶來好處，現在的粉絲能在網路上分享自己的想法和故事，也能找到志同道合的夥伴一起追星。但它就是一把雙面刃，當吸收資訊的管道變多，人人都可以經營自媒體，不只是KOL，任何人在網路上分享的東西，都很容易受到質疑，甚至引發爭議。我也有朋友只是一般喜歡追星的上班族，因為不小心踩到粉絲圈的地雷區，結果被糾正到需要發道歉聲明。我相信那些糾正他的人，並非帶著惡意留下評論，而是為了想要守護這個圈子，但畢竟我們追星又沒有法律，這些只能靠自由心證，界線比較難拿捏。

**不再問誰比較愛
快樂才是追星本質**

追星千萬不要比較！因為平常在讀書或是工作上，都有一個標準可以衡量，例如書讀多少就能得到第幾名，工作做多少就能得到多少收穫。但是追星的時候，你付出多少不一定能得到同等的回饋，尤其一旦發現自己沒有但別人擁有的時候，就會很容易一直想著「他付出的有比我多嗎？他有追得比我久嗎？他有比我愛嗎？」反而過度內耗自己。

當然這真的很難避免，畢竟愛得越深，就會越想得到更多、越容易和別人比較，可是我們還是得學習看淡這一切。當我們無法從偶像身上獲得情緒價值，卡在「我是不是要再付出，偶像才能看見我、對我更好」這樣的思維裡面，反而會陷入無限的憂鬱輪迴，這時候還不如先抽離一段時間，等心態調整好了再繼續追星，我覺得會比較好。追星就是要快樂啊，不快樂的話幹嘛要追星！

從「我要追嗎？」開始，追星讓我們變得更好
——資深出版人的追星之道

左為 B 編，右為蘊雯

採訪・文字整理／EZKorea 編輯部
攝影／weihan wang
部分照片提供／尹蘊雯、B 編

追星，不只是娛樂，更是一種與人連結、探索新世界的方式。無論是透過偶像認識新朋友、改變生活習慣，甚至影響工作觀念，都是追星帶給我們的美好。

本次訪談，我們邀請到時報出版主編尹蘊雯（下稱蘊雯），與立志成為出版界的迷妹第一把交椅的「編笑編哭」社群經營者 B 編，兩位資深出版人兼克拉（韓團 SEVENTEEN 粉絲名）將聊聊他們的追星經歷，從如何入坑、學會善良、理解失落，甚至覺察自己，也在出版工作中，注入了「迷妹」的創意與溫度。他們的故事或許也證明了，追星儼然已成為一種生活態度。

B編擺出的各式周邊／蘊雯跟其他克拉一起看線上演唱會

> 入坑前的痛苦掙扎
> VS
> 入坑後的美麗世界

想請問兩位成為克拉的契機？

蘊雯：契機我記得很清楚，就是看《出差十五夜》的時候。不過我看完之後，其實掙扎很久，因為我認為喜歡一項事物需要花很多心力，但當時真的覺得 SEVENTEEN 太好看了，不斷聽歌、看影片的同時，也一直靈魂拷問自己「我真的有喜歡嗎？」「真的要跳下去嗎？」後來發現答案是肯定的，就在內心默默確立，也沒有特別講出來，獨自在內心澎湃激昂。

B編：我的克拉史能寫成一篇論文（笑）。我在 2022 年 6 月 13 日開始注意到 SEVENTEEN，起初只是音源飯。之後在 2023 年 1 月看到「DINO 用按壓式水龍頭洗臉，按了 14 次才洗好」的新聞，引發熱議說不愧是有 12 位哥哥的忙內，真有耐心。當時只覺得這男生好可愛、這團人好多，便輕輕放下，沒意識到是自己天天聽的團。同月淨漢去聖羅蘭參加活動，我看到照片時心想「哇，這個女生好美！」結果竟然是男生，整個大尖叫！！

同年 5 月，《出差十五夜》讓我注意到夫勝寬，覺得他好笑又有責任感，沒想到他是忙內派，1998 年出生的人竟能如此穩重。當時我和朋友分享「雖然我還不認得 13 個人，但我喜歡尹淨漢、金珉奎、全圓佑的臉，也喜歡夫勝寬，因為他好好笑，但我還不想入坑，因為人太多了」。

而且我也擔心追星很累，怕自己投入太多感情。如果只是想喜歡他們，那我聽歌、看 MV 就好，有必要跑現場、搶票，做到那種程度嗎？我都 30 幾歲了，還要進入這個未知領域嗎？也因為曾被其他藝人的負面新聞打擊到，從此我追星都會設下停損點，告訴自己，只要別那麼喜歡，就不會受到傷害。

後來文彬逝世，勝寬開始休息，我也打開了《GOING SEVENTEEN》，本來只想用聽歌、看綜藝的方式，這樣喜歡他們就

好。直到我看到勝寬復出的那篇貼文，我直接在家大哭，而當你大哭的那一刻，你就知道自己有多愛這個人了。一個月後，我便不再糾結，坦承自己就是克拉。

追星之後，生活上的改變是？

蘊雯：好像變得比較善良，尤其收到其他迷妹其實不需要給我的好意時，真的很感動。我平常不會特別想到給別人好處，所以收到這些善意時，會覺得如果別人可以這麼無私、不求回報，那我也想對別人好，如果只是一些小事情，那我也想為別人做到，而且我好像也會很開心。當然，另一個說法是積陰德啦（大笑）

B編：沒錯，我們內心不斷在功利主義與做善事之間徘徊。我追李俊昊時，認識了一位朋友，每次請他幫忙代購，他都會順便送我小糖果、應援品之類的，我心想「天啊，迷妹圈都這麼善良嗎？」在那之後，當我需要寄東西給其他迷妹時，包裹也會不小心越包越大包。

你會發現，跟不認識的人之間，會有種很神奇的信任感，所以我後來開了賣場，就取名為「迷妹善循環」，希望把良善傳遞下去。

是否有過「身為追星人真好」的瞬間？

B編：接到這個邀約時（笑），真切感受到自己能用某個身分來講某些事情。畢竟「迷妹」這個身分是比較對內、偏自我認同的，但我因為追星，認識到許多新朋友，甚至變成生活上的朋友，追星確實會為某些關係帶來改變。

蘊雯：像我現在最常一起追星的夥伴是太咪，他是我的作者，雖然會聊天，但也說不上親密。發現他也喜歡SEVENTEEN，我們開始一起追星、一起去演唱會後，就變得無話不談，感覺更親近了，意外地獲得了一個好朋友。

（上）蘊雯跟追星夥伴太咪一起去圓順展
（下）B編去演唱會

《那一天，我追的歐巴成為了罪犯》書封／該書作者吳洗娟來台，蘊雯與作者合照

**追星與出版工作
交織出的人生信念**

追星經驗對工作帶來什麼影響，或是感觸？

蘊雯：我平常關注滿多社會議題的書，某天認識的譯者告訴我，有個喜歡鄭俊英粉絲，拍了一部紀錄片，講述知道自己偶像是性犯罪者後的心境。這聽起來就很心酸，所以後來知道他有出書，便引進台灣了，中文書名是《那一天，我追的歐巴成為了罪犯》（吳洗娟，2024）。剛買進版權時，我還沒追 SEVENTEEN，但正式進入編務期後，我已經在追了，所以更能體會書裡的每字每句，感到十分痛心，就算我喜歡的偶像沒有犯罪或失敗，我還是可以知道作者的痛苦是如此真實，因為我也追星、也擁有相同心情，所以更能感同身受。

B 編：剪影片的速度變快了。我原本嫌剪短影片很麻煩，但開始追星後，為了記錄自己喜歡的片段，不小心練就此項技能。另外我是出版社行銷，需要推廣書籍，例如發文、寫書摘、做贈品等，把我們在乎的議題讓更多人看見。所以開始追星後，我也會從應援小物去尋找書籍贈品的靈感。舉例來說，我以前做書籤只會用紙做，但看到各種不同材質的小卡後，就有了新靈感，像是將書籤做成透卡等。而且也能聯絡這些做應援品的廠商，一起合作製作贈品，把追星經驗帶到工作上。

是否能請蘊雯多聊聊《那一天，我追的歐巴成為了罪犯》這本書？

蘊雯：這樣講可能比較沒感情，

但韓國偶像是需要被包裝的，所以你不知道自己喜歡上的這個包裝、這個人設，背後到底是什麼樣子，尤其如果偶像做出一些你難以接受的事情時，真的會很崩潰。

以我自己來說，每次和朋友聊SEVENTEEN聊得很熱絡開心，但最後都會說「希望他們可以一直正正直直地生活」。這是一個很深層的恐懼，你也不是覺得他們真的會怎麼樣，但就是會害怕那個萬一，自己會承擔不起。

所以當初引進這本書時，是好奇作者遇到自己的偶像犯罪時，他的感受會是如何。書裡並沒有探討事件的真偽，它講的是一位迷妹的心境轉折。我覺得最感動的是，作者訪問了許多喜歡的偶像都犯罪的那些「失敗」粉絲，每個人都表示自己不可能重新喜歡上別的偶像，但這些人到最後，全都再愛上了別人。我每讀到這裡，都會哭一次，就跟談戀愛一樣，當你愛錯一個人，你會感覺這輩子都沒辦法再愛了，但其實你可以，你真的可以有再愛的能力，所以這本書帶給我很大的勇氣，甚至成為我追星時的標準。書中告訴大家「最重要的是愛自己」，偶像是你喜歡的其中一項事物，但你是自己的全部。

B編除了正職外，同時經營「編笑編哭」社群，分享許多迷妹喜歡的內容。是否曾因為此社群，有過意想不到的收穫？

B編：老實說，我原本是想認真分享出版工作和書，後來看

資深出版人的追星之道　141

到韓劇《金秘書為何那樣》，覺得內容很好笑，我就截一些畫面，搭配工作上的事發文，沒想到很多人開始和我討論韓劇。發現比起出版，大家更關心韓劇，算是默默被推著走到這的。（蘊雯：身為同業覺得悲傷）除了韓劇，我也寫了李俊昊、SEVENTEEN，甚至做《語意錯誤》電影包場等，最近也嘗試寫同人文。我在社群上就是做我自己，寫自己開心的東西，不知不覺內容也就偏向了迷妹。

不過，大家對「迷妹」的定義不同，甚至有人不太喜歡這個詞，我也曾遇過現實生活無法出櫃的迷妹找我聊天。後來，隨著追星越來越普及，越多人坦承自己是迷妹，就覺得太好了，迷妹這個詞雖然還沒被完全去汙名化，但至少追星這件事變得比較健康。我不確定自己有多少影響力，但我希望大家更正視自己，迷妹是一個很棒的身分認同，不需要感到羞恥。

當然經營這個社群，也帶給我很多機會，我之前接過暖暖高中的老師來信，邀請我去主講閱讀相關的講座，但光談閱讀學生一定沒興趣，所以那位老師希望我將閱讀結合韓劇，最後大家都很喜歡，也問我隔年能不能再去演講。雖然我現在的社群內容看似與出版無關，但到頭來，好像隱隱約約地被拉回那條線。

在工作上，是否有喜歡的偶像的價值觀？

B編：他們經常說「我們的工作，是帶給大家幸福與快樂」我相信許多偶像都講過類似的話。我原本覺得做書比較像是傳遞知識的過程，但現在也會希望「如果我做的書，也能讓別人幸福快樂，那就好了」雖然偶像可以站在第一線，直接感受粉絲的愛，但我們不是偶像，比較難得到讀者的回饋，可是

一旦有的時候，那份回饋就會變得超級巨大，巨大到足以讓你繼續在這個產業撐下去。

蘊雯：我很喜歡淨漢的「像水一樣活著」。雖然他看起來是個無欲無求的人，可是你要他做什麼事情時，他都會認真去做，我覺得這是很難的。他沒有抱著一定要成功、要拿第一名的心態，但他也不會隨便弄弄，而是會做到能力範圍內最好的成果，最後別人怎麼評斷這個成果，他也不在乎，我認為這樣的價值觀是非常難得的。

追星之餘，也要照顧自己

聊到這裡，兩位認為追星最重要的心態？

蘊雯：不要忘記「自己的人生最重要」。我覺得如果把偶像當成人生重心，可能會活得很累。只要看到他們開心，我也開心就夠了，不一定要參與偶像所有的活動才叫愛他們，這樣的標準會有些沉重。

B編：我的答案是「放下得失心」，有就有，沒有就沒有，一定要放下（雖然擺出這麼多東西的人，似乎沒資格這樣講）。另一個和蘊雯有點類似，就是「別忘了自己追星的初衷」。像我追星是為了快樂，不論是物質或精神上的快樂，一定都是快樂才會去追星。如果我為了追星而變得不快樂，甚至感到痛苦，那就應該先退下來。

最後，兩位想推薦什麼書給讀者？

蘊雯：我其實想不到特定的書，我認為大家應該多看不同的書、不同的世界，建立屬於自己的觀點。若把所有時間都投注在偶像上，你的時間一定會被壓縮，很難做別的事情。所以我覺得可以多把時間留給自己，讀所有你想讀的書，不管花多少心力去愛偶像，還是要記得關心社會、關心時事，關心自己生活的地方，我們的生活越好、越幸福，才越有餘裕去愛別人。

B編：我選《生而為粉，我很幸福》（橫川良明，2021），這是一位日本中年大叔寫的書，跟年輕女性完全是不同視角。作者追的是位日本演員，因為工作關係能接觸到偶像，書中寫道該用什麼心態面對工作上遇到的偶像，我覺得觀點非常成熟，又很好笑，超級推薦所有迷妹去看。讀完之後會體認到要「健康追星」，因為追星本該就是件讓你快樂的事。

B編與朋友一起拍心愛小卡

| MOOKorea慕韓國07 |

雙向奔赴的追星故事：
MOOKorea慕韓國 第7期 덕후의 덕질 이야기
（附韓籍老師親錄線上音檔）

作　　者：EZKorea編輯部
企劃編輯：葉羿妤、郭怡廷
譯　　者：柳廷燁、韓蔚笙
內頁插畫：龍欣兒
校對協助：陳金巧
封面設計：FE設計工作室
版型設計：FE設計工作室
內頁排版：陳佩幸
韓文錄音：柳廷燁、鄭美善、郭修蓉
錄音後製：純粹錄音後製有限公司
行銷企劃：張爾芸

發 行 人：洪祺祥
副總經理：洪偉傑
副總編輯：曹仲堯
法律顧問：建大法律事務所
財務顧問：高威會計師事務所

出　　版：日月文化出版股份有限公司
製　　作：EZ叢書館
地　　址：臺北市信義路三段151號8樓
電　　話：(02)2708-5509
傳　　真：(02)2708-6157
客服信箱：service@heliopolis.com.tw
網　　址：www.heliopolis.com.tw
郵撥帳號：19716071日月文化出版股份有限公司

總 經 銷：聯合發行股份有限公司
電　　話：(02)2917-8022
傳　　真：(02)2915-7212
印　　刷：中原造像股份有限公司
初　　版：2025年6月
定　　價：360元
I S B N：978-626-7641-42-2

雙向奔赴的追星故事：MOOKorea 慕韓國 第 7 期
덕후의 덕질 이야기 / EZKorea 編輯部著；柳廷燁、韓蔚笙譯. -- 初版. -- 臺北市：日月文化出版股份有限公司，2025.06
144 面；21 X 28 公分. -- (MOOKorea 慕韓國；7)
ISBN 978-626-7641-42-2(平裝)

1.CST: 韓語 2.CST: 讀本

803.28　　　　　　　　　　　　114003800

◎版權所有‧翻印必究
◎本書如有缺頁、破損、裝訂錯誤，請寄回本公司更換
◎本書所附音檔由 EZ Course 平台（https://ezcourse.com.tw）提供。購書讀者使用音檔，須註冊 EZ Course 會員，並同意平台服務條款及隱私權與安全政策，完成信箱認證後，前往「書籍音頻」頁面啟動免費訂閱程序。訂閱過程中，購書讀者需完成簡易書籍問答驗證，以確認購書資格與使用權限。完成後，即可免費線上收聽本書專屬音檔。
音檔為授權數位內容，僅限購書讀者本人使用。請勿擅自轉載、重製、散布或提供他人，違反使用規範者將依法追究。購書即表示購書讀者已了解並同意上述條件。詳細操作方式請見書中說明，或至 EZ Course 網站「書籍音頻操作指引」常見問答頁面查詢。